Goosebumps®

SLAPPYWORLD

Goosebumps®

SlappyWorld

Goosebumps®

SlappyWorld

Goosebumps®

SlappyWorld

Goosebumps®

史賴皮搞怪連篇 2
SLAPPYWORLD

恐怖音樂盒
Attack of the Jack

R.L. 史坦恩（R.L.STINE）◎著

向小宇◎譯

SLAPPYWORLD

大家好，我是史賴皮。

歡迎來到史賴皮世界。

沒錯，就是史賴皮的世界——你在這裡只能驚聲尖叫！哈哈哈！

各位讀者要注意：別叫我木偶、假人。我非常聰明，聰明到當我走進房間時，你可得戴上太陽鏡。哈哈！

知道爲什麼我是班上最聰明的人嗎？因爲班上只有我一個！哈哈哈！

你知道唯一比我聰明的人是誰嗎？我自己！哈哈哈！

我知道聽起來一點道理也沒有，不過，你確定要當那個告訴我的人嗎，你這奴隸！

我很聰明，也很慷慨。我眞是個大好人。

你知道我喜歡跟別人分享什麼嗎？是會讓你尖叫和發抖的驚怖駭人故事。哈哈！

我並不想讓你徹夜難眠①，我只想讓你成爲我的粉絲！

就拿這個故事來說吧，這是關於薇歐拉和肖恩這對姊弟的故事。

他們現在還不知道，但是他們即將要進行有史以來最恐怖的航海之旅。

我不想洩漏劇情，不過給你們一個提示：他們的船並不完全防水！

希望你不會暈船，奴隸！哈哈哈！

出發吧！

讓我們展開這個故事，我稱之爲《恐怖音樂盒》！

這不過是史賴皮世界的另一個故事！

這句英文怎麼說？

我能聞到海的味道。

I can smell the ocean.

1.

我們乘坐的公車顛簸在狹小的道路上，我坐在窗戶旁的座位，把鼻子貼在車窗上。我看見一個木頭標示牌，上面畫了一個黑色的船錨，下方有一行字：歡迎來到海膽灣。

「我們到了。」我對弟弟肖恩說。

他正在手機上玩足球遊戲，頭也不抬地回道：「我能聞到海的味道。」

我推開車窗。沒錯，我也聞到了！空氣感覺沉重又潮濕，聞起來有魚和鹽的味道。

我叫作薇歐拉・佩克，今年十二歲，比肖恩大兩歲。肖恩和我曾經在五年前

去過一次海邊，那是一次家族出遊。

我當時七歲，肖恩五歲。因為每天下雨的關係，所以我們完全沒機會下水游泳，甚至也沒在沙灘上玩耍過。

如今我們來到新英格蘭這個海邊小村莊，正要跟從未謀面的吉姆叔叔見面。今年夏天，媽媽和爸爸因為工作的關係不得不遠行，他們認為這對我們來說會是個很棒的假期——我們會和吉姆叔叔一起釣魚和航行，做海邊居民都喜歡做的事。

對肖恩和我來說，這的確是全新的體驗。

公車在一排低矮的木造建築尾端緩慢停下。馬路對面，一個留著濃密黑鬍子的男人肩上扛著看起來很沉重的漁網，從一排商店前面快步走過。兩名穿著短褲和無袖T恤的年輕女子，正從一家叫作「航行旅店」的小旅館走出來。

我用肩膀撞了一下肖恩。

「把遊戲關掉，我們到了。」我又說了一遍，「看看這個很酷的村子。」

肖恩取下耳機，將手機放入短褲口袋。跟大多數的兄弟不同，肖恩非常聽話。

這句英文怎麼說？

肖恩非常聽話。

Shawn is very obedient.

媽媽說這個夏天我就是家長，而到目前爲止，肖恩都很認眞看待這件事。

他不像其他那些男生一樣討人厭，他不會取笑我，不會找機會跟我吵架，也不會表現得像個混球。

我們從黃泉市出發到這裡的這段長程路途中，他幾乎不太說話，不是讀他自己的棒球書，就是玩手機上的運動遊戲。

他唯一一次興奮到盯著窗外，是在我們經過紐約州北部，有四隻牛追著公車跑的時候。

相比別人家的兄弟姊妹，我認爲肖恩和我的感情比他們都好得多，因爲我們彼此差異很大。

肖恩並不是害羞，他只是喜歡自己一個人消磨時間。

我喜歡說話、聊天、唱歌，跟朋友一起同樂。我喜歡聽笑話，大家都說我是個很有趣的人。我很容易對任何事情感到興奮，比如到海膽灣見吉姆叔叔。

我完全不喜歡運動，不像肖恩。我不會把所有時間都花在看運動節目、閱讀棒球小說，以及每個週末在少棒聯盟打球。

潛力。

我長得又高又瘦，從六歲開始學習芭蕾。我很喜歡芭蕾課，老師也說我很有當然，我住在俄亥俄州的黃泉市，那裡不像充滿芭蕾舞學校的紐約，但是媽媽也說了，如果我上高中時還是這麼熱愛芭蕾，她就會帶我去紐約參加甄選。

不過現在我人在海膽灣，也一樣非常令人興奮。

公車上只有六個人，只有肖恩和我在這裡下車。司機幫我們卸下行李箱，把它們放在木板人行道上。

公車轟隆隆開走了，我一邊用手遮擋陽光，一邊搜尋吉姆叔叔的身影，但是沒看見有人在等我們。

「媽媽事先警告過，吉姆有點散漫。」我提醒肖恩。

肖恩皺著眉。

「這代表他忘了我們今天要來的意思嗎？」

「不，這代表他遲到了。」我說。

低矮商店的平坦屋頂上，海鷗飛過時大聲地嘎嘎叫。越過五金店和魚餌店之

這句英文怎麼說?

吉姆有點散漫

Jim is absent-minded.

間廣闊的空地，我可以看到海水。陽光下，深綠色的海浪波光粼粼，碼頭邊有一艘小船載浮載沉，幾個男人正在把銀色的漁獲卸到馬車上。

「這裡看起來好像電影場景。」肖恩說。

「對啊，大概是《大白鯊》吧！」我開玩笑道，哼了一段鯊魚出擊的主題曲。

（譯註：《大白鯊》是一九七五年出品，紅極一時的驚悚電影，每當鯊魚即將現身時，就會出現氣氛緊張的背景音樂。）

肖恩大笑說：「嘿，薇歐拉，我肚子餓了。」

「我也是。」我說。「不如我們先去吃午餐，一邊等吉姆叔叔出現？」

我們拖著各自的行李箱，在街區盡頭找到了一家小餐館。它看起來像個小木屋，窗戶上的招牌上寫著：吹口哨的蛤蜊。

「還記得那年夏天我們去海邊時，吃的那些蛤蜊捲嗎？」我說。

肖恩搖了搖頭說：「不記得。我那時候太小，只記得每天都在下雨，所以我們只能待在小木屋裡，跟爸爸媽媽一起玩大富翁。」

我抬頭看向天空。明亮的藍色，萬里無雲。

我們將行李拖進小餐館，點了蛤蜊捲和炸薯條當作午餐。這個地方只有四張桌子，三名男子坐在吧檯前默默地吃著。

女服務生制服襯衫上的名牌寫著「瑪麗安」。她非常和善，額外送了我們甘藍菜沙拉和可樂，她說是餐廳免費招待的。

我們吃飯的時候，她就在餐桌旁邊徘徊不去。

「你們兩個是從哪裡來的？」她問道。她有一副沙啞的菸嗓。

我告訴她我們是從俄亥俄州黃泉市來的。

「會住在我叔叔那裡。」我說。

她邊擦著圍裙上的污漬邊問：「妳叔叔是誰？」

「他的名字是吉姆·芬根。」我說。

她聽了大為驚訝，嘴巴都合不起來。

「海軍上將吉姆？」她突然壓低了聲音說道。

我點點頭，只見她後退了一步，眼睛因為驚訝而睜得大大的。

「怎麼了？」我問道。

這句英文怎麼說?

她有一副沙啞的菸嗓。

She had a smoky, hoarse voice.

「妳不會想跟吉姆海軍上將待在一起的!」她說,聲音微微顫抖著。「你們需要想想其他打算,或者……坐第一班巴士回去黃泉市。」

肖恩把盤子推開,臉色頓時變得蒼白,「我……我不明白。」

我一時半刻不知該說什麼。

瑪麗安抓住我的肩膀說:「聽我說,給妳個警告,千萬不要和那個瘋癲老頭待在那個快倒塌的舊燈塔裡。」

肖恩和我都傻傻看著她。我感覺到一股突如其來的恐懼攫住我的胃。我深吸了一口氣說:「妳應該是開玩笑的吧!」

「沒錯!拜託妳告訴我們,說妳只是在逗我們玩而已。」肖恩接著說道。

她搖搖頭,睜大眼睛一臉嚴肅地說:「我不是在開玩笑,孩子們。相信我,海膽灣這裡沒有人想接近你叔叔!吉姆海軍上將在那座古老的燈塔裡藏了某種東西。某種邪惡的東西……」

2.

肖恩和我最終還是步行抵達吉姆叔叔的燈塔。整個村子只有兩個街區長，街尾是個小型的露天市場。

接著是一片高大的綠色蘆葦，地勢逐漸低下，蘆葦被海洋吹來的陣風吹得左右搖擺。

我們可以看到高聳的灰色燈塔，棲息在靠近海邊的低矮岩石峭壁上。波光粼粼的藍綠色海水化爲白色浪花沖向岸邊。

我們拖著沉重的行李箱，沿著一條狹窄的沙礫小徑蜿蜒穿過高高的蘆葦叢。蘆葦叢中的昆蟲嗡嗡作響，我看到兩顆黑眼珠，原來是一隻兔子在盯著我們。

這句英文怎麼說?

他似乎在沉思些什麼。
He appeared lost in thought.

肖恩有好一陣子沒有說話。他似乎在沉思些什麼。最後，他走到我身旁說：

「薇歐拉，妳該不會認爲那位女服務生說的是眞的吧？」

「當然不會。」我回答道。「媽媽和爸爸說過吉姆叔叔有點奇怪，那是因爲他獨自一個人生活了很長的時間。他們說他在某些事情上漫不經心或是顯得奇怪，可是，記得嗎？他們也說過他是很有趣的人。」

肖恩點點頭。「嗯，我記得。他們說他有成千上萬個好故事可以講。」

「他們並沒有說他是什麼邪惡的人。」我邊說邊跳過沙地上的一小堆石頭。

「如果吉姆叔叔是邪惡的人，或是在他的燈塔裡藏了什麼邪惡的東西，爸媽絕不會把我們送到這裡的。」

「那當然囉。」肖恩喃喃說道。

我的脖子後面開始被陽光曬得發燙。我放下行李箱，先用手揉了揉脖子，接著用雙手把我淺棕色的頭髮從溼答答的額頭上撥開。

肖恩突然睜大了眼睛，指著我後面說：「嘿，看看是誰跟著我們。」

我迎著陽光眨眨眼，低下頭一眼就看到牠。那是一隻大黑貓，綠色的眼睛直視著我們，尾巴在屁股後面高高翹起。

我轉身跪下來，輕聲說：「嘿，小貓兒，你是在跟蹤我們嗎？」

貓兒歪著頭，彷彿在試圖理解我的話，綠色的眼睛眨也不眨地盯著我。

「你會帶來壞運嗎？」肖恩問牠。「關於黑貓的傳說是眞的嗎？」

貓突然轉身，一下子就消失在蘆葦叢中。

我大笑說：「肖恩，你冒犯到牠了。」

幾分鐘後，我們來到一面低矮的磚牆，蘆葦叢一路延伸到這裡爲止。「看一下這個。」肖恩指著牆說。

有人在褪色的磚塊上，畫了一個笑嘻嘻的白色骷髏頭。頭骨上還畫了一個黑色的大「X」。

「不是很友善的感覺。」我說。「也許吉姆叔叔不喜歡有訪客。」

「也許他只是畫好玩的。」肖恩低聲說，一邊仔細端詳它。

燈塔聳立在矮牆的另一邊。我們走近後，我看到燈塔旁邊有鋸齒狀的裂縫從上面延伸到底部，而且到處都有油漆剝落的痕跡。

這句英文怎麼說?

你是在跟蹤我們嗎?
Are you following us?

離燈塔幾碼遠的地方，有一棟鵝卵石色的屋子，百葉窗都被拉上了。屋子前的低矮旗桿上，飄動著一面三角形的旗幟。旗子是紅色的，中間有個黑色船錨。屋子不遠處就是海，我凝視著拍打在海岸上的浪花，短短的碼頭旁有一條小船載浮載沉著，海風朝我們撲面而來。

肖恩的金髮被風吹得散落在臉上。

「我們去避風吧！」他說，「我好冷。」

我這才意識到自己也在發抖，不知道是因爲風，還是因爲那個讓人毛骨悚然的骷髏笑臉。

我們互相幫忙跨過了矮牆，然後拉著行李箱到小屋子的前門。那是一棟木屋，顏色就像鵝卵石一樣灰，油漆都斑駁了，而且沒有門把。

「嘿，吉姆叔叔！」我喊道。但是一陣強風將聲音吹回我臉上。

我低下身體，試圖避開強勁的陣風。

就在這時候，門打開了。

「吉姆叔叔？」

沒有人回答。

我抬起行李箱走進去。我瞇著眼睛看著這個凌亂又昏暗的房間，屋子裡的空氣又熱又濕。

肖恩跟著我走了進來。在我把門關上之前，我察覺到地板上似乎有什麼毛毛的東西——那隻黑貓彷彿被強風吹動似地衝進屋裡。

「嘿——」我在牠身後叫喚。

但是那隻貓一躍，跳到房間中央的一個圓形黑色地毯上。貓兒坐起來，緩緩地環視一圈，綠色的大眼睛眨也不眨。

接著，牠用低沉嘶啞的聲音說：「吉姆海軍上將！有訪客！」

3.

肖恩和我目瞪口呆地看著那隻貓，接著面面相覷，臉上顯露著同樣的疑問：我們剛剛真的聽到貓在說話嗎？

黑貓歪著腦袋，好像在等待答案，不久後，牠再次開口：「吉姆海軍上將？」

我聽到有人在呻吟，然後是響亮的吱呀聲。

我轉向左手邊的房門，它通向另一個房間。

我在入口處可以看到，一個身材魁梧的人正從白色吊床上慢慢坐起身來。

那個人又呻吟了一聲才把腳放在地上，接著把長長的白髮往後一撥，遲緩地站起來。他穿著一件白色的水手服，肥大的肚子從襯衫下凸出來。

這句英文怎麼說？

我聽到有人在呻吟。

I heard someone groan.

他有一張圓臉，臉色紅潤，並不停眨著他那雙藍色的大眼睛，臉上大把的鬍鬚和頭髮一樣花白。他一邊搖搖晃晃地走向我們，一邊戴上白色的海軍上將帽。

他伸了個懶腰，又打了個哈欠，然後瞇著眼睛先看看肖恩，再看著我。

「我的侄女和侄子，你們到啦？」他的聲音宏亮，好像是從他胸口深處轟然傳來的。

「眞抱歉，我以爲你們會晚一點才會到。」

貓兒發出不贊同的嘖嘖聲。

「你是吉姆叔叔？」我突然說不出話來。

吉姆叔叔非常高大，臉色紅潤又老邁。他的制服皺巴巴的，一大塊肚皮從被撐開的襯衫鈕扣之間露了出來。

「歡迎！歡迎！」他舉起雙臂往前一跨，一把抱住我們兩個。

「非常抱歉我沒有去接你們。那隻貓應該叫醒我的。」

「還眞敢說。」貓兒搖著頭嘀咕。

「那隻貓……會說話？」我終於找回自己的聲音。

這句英文怎麼說？

原諒她有輕微的口齒不清。
Forgive her slight lisp.

肖恩後退了一步，我想，這一切對他來說實在太怪異了。

吉姆叔叔點點頭，「是的，她會說話。」他朝貓兒傾身。「告訴我們的訪客妳的名字。」

「瑟蕾嘶嘶。」貓兒發出嘶嘶聲，粉紅色的舌頭舔著門牙。

叔叔咧開嘴大笑，嘴唇上的小鬍子像兩隻翅膀一樣展開。「原諒她有輕微的口齒不清。」

「但是……這是不可能的！」肖恩大聲說道。

吉姆叔叔的視線沒有從貓兒身上移開。「妳覺得可能嗎，瑟蕾絲特？」

「當然。」貓兒立刻回答道。

「這是某種障眼法。」肖恩堅持著，「這隻貓是機器，對吧？一個有人工智能的機器？」

吉姆叔叔把他的海軍上將帽往後推，抓了抓白色的頭髮。「我聽不懂你的意思，小肖恩。」他拍拍瑟蕾絲特的背。

「我想，貓兒就是貓兒。」

他拉起我們的行李箱。

「跟我來。先把你們安頓好，我再跟你們講我的貓的故事。」

吉姆叔叔和那隻貓實在讓我感到太震驚了，我完全沒有仔細看看前廳。等到肖恩和我跟著吉姆叔叔走到屋子後面牆邊的狹窄樓梯時，我才回過神來開始打量環境。

一面牆上掛了面巨大的漁網，網子上裝飾著數十個貝殼、螃蟹、龍蝦殼，還有海星。

屋間裡的雜物實在太多，沒有什麼空間可以走動：屋間前面有個黑色大砲，還堆著四顆砲彈；一個船錨靠著一面骷髏海盜旗；兩個大木箱，箱子兩側刻著美人魚的圖案；玩具、小擺設、彩色瓶子和微模型船擺滿了架子。

「這太棒了。」我對肖恩低聲說。

肖恩點點頭，「就像置身在怪奇博物館裡。」

吉姆叔叔停在陡峭狹窄的樓梯底部。

「你們就睡在桅頂瞭望檯裡，」他興奮地說。「小心點。這道老舊的木梯有

這句英文怎麼說?

鬼魂很少在白天出現。

The ghost seldom comes out in the daytime.

點晃。」

我向樓梯頂部望去，只見朦朧的昏暗光線照在光禿禿的牆壁上。

吉姆叔叔兩隻手各提著一個行李箱，往樓梯上走了幾步後他轉向我們。

「別擔心，」他說，「鬼魂很少在白天出現。」

4.

肖恩和我交換了一下眼神。

「他是認真的嗎？」

我們發現樓上有兩個小房間。桅頂瞭望檯，就像吉姆叔叔說的那樣。每個房間都有個小小的梳妝檯，上面放了一盞燈，還有吊掛在柱子之間的繩索吊床。

吉姆叔叔放下行李箱。

「我敢打賭，你們之前從來沒睡過吊床。」他微笑著說，嘴唇上那兩撇像翅膀的小鬍子又因此拍動了起來。

肖恩用手捏了捏繩索測試。

這句英文怎麼說？

他是認真的嗎？

Was he serious?

「真的有人會睡在這上面？」

這讓吉姆大笑起來。「你會睡得像隻小海豹一樣。」

小海豹常睡覺嗎？我心想。

我從行李箱裡取出一些衣服，把它們塞進小梳妝檯，剩下的留在行李箱裡，再把行李箱推到其中一面牆邊。

然後我匆匆走下狹窄吱吱作響的樓梯，重新加入吉姆叔叔。我迫不及待地想要了解更多有關這隻貓的事情。

我發現吉姆叔叔坐在廚房一角的一張小木桌上，和肖恩對坐著。海上吹來的陣風把窗戶弄得嘎嘎作響，我在咻咻的風聲中聽到海浪猛烈拍打著岸邊。

瑟蕾絲特還待在原來的位置，就在前廳地板上的那塊圓形地毯上，她把自己緊緊地蜷縮起來，邊睡邊發出輕柔的打呼聲。

她會說話是我的想像嗎？

不，我絕對有聽到她說話。

我在吉姆叔叔對面坐下。他把一個大的棕色馬克杯越過桌子推到我面前。

「妳坐了這麼久的車應該口渴了，薇歐拉。」他說，「來點水手葛羅，可以讓妳神清氣爽。」

「水手葛羅？」我看著那個杯子。

「其實是低卡雪碧汽水。」他說。「村子裡的商店沒有一家有賣眞正的葛羅。」

從窗戶望出去，可以看到堅實又灰撲撲的燈塔局部，我們所在的屋子就籠罩在燈塔的影子之下。

「你們爸媽有跟你們聯絡嗎？」吉姆叔叔問道，一邊摸了摸鬍子。「要在阿根廷出差三個星期，那可是很長的時間。爲什麼不把你們一起帶去呢？」

「他們覺得我們待在這裡會更好玩，」我說。「而且媽媽說了，也是時候讓肖恩和我見見失散多年的叔叔。」

吉姆叔叔慢慢喝了一口。

「是沒錯，你們在這裡會玩得更開心，而且食物也很好吃。今天晚上，村子裡的亨利太太會帶蟹餅和沙拉給我們。」

肖恩一直盯著在前廳睡覺的貓。

這句英文怎麼說？

來點水手葛羅，可以讓你神清氣爽。

Some sailors' grog will refresh you.

「瑟蕾絲特眞的會說話？」他說。

吉姆叔叔拍拍肖恩的手臂。

「沒錯，她眞的會說話，小子。」他放低聲量說。「讓我來告訴你們來龍去脈，不過我先警告你們，這是個悲傷的故事。」

他又拿起杯子喝了一口。

我覺得他的杯子裝的不是低卡雪碧汽水，因爲裡面的飲料顏色是深棕色的。

「可憐的丹尼・魯賓斯。」吉姆叔叔邊說邊揉著下巴，他的表情突然變得嚴肅起來。「事實上，這是關於丹尼的故事。就像我先前說的，這不是個快樂的故事。」

他嘆了口氣繼續說：「丹尼在海上迷失了。他是我遇過最好也最忠誠的水手之一，但是那艘西班牙雄鷹號因爲觸礁沉沒了。丹尼很幸運地爬上一個木筏，儘管那個木筏不比衣櫃門大多少。他就趴在那上面，隨著海浪浮沉，漂離西班牙雄鷹號的殘骸。」

吉姆叔叔閉上了眼睛，彷彿在想像沉船的殘骸。他從杯子裡啜了一口。在他身後，窗戶被風吹得震動不已。

「當雨滴落下時，丹尼蜷縮著身體閉上眼睛，浪濤將木筏拋來拋去，他明白待在那個小木筏上沒有多少生還機會。經過一整天暴風雨的折騰，太陽從散開的雲層中露出臉來。丹尼睜開眼睛──誰能料想得到呢？他發現自己並不孤單。」

吉姆叔叔指著在隔壁房間睡覺的貓說：「不知怎的，船上的貓也爬上了木筏，和他一起在茫茫大海中浮沉。貓就在那兒盯著可憐的丹尼……又可憐又迷信的丹尼……廣闊海洋中，他唯一的同伴卻是一隻黑貓。」

肖恩的眼睛睜得大大地問：「他們兩個活了下來？他們到達陸地了？」

吉姆叔叔皺著眉頭說：「耐心聽完故事，小伙子。你要知道，這可是一個很長的故事──丹尼．魯賓斯乘著那個小木筏，在海上漂流了……三百天。」

肖恩和我倒抽一口氣。

「差不多一年的時間。」我輕聲說。

「想像一下，」吉姆叔叔瞇起眼睛看著我們繼續說道，「在豔陽下，在可怕的暴風雨中，除了捕魚、生吃牠們，或是盯著黑貓的綠眼睛之外，沒別的事情可

這句英文怎麼說?

肖恩和我倒抽一口氣。
Shawn and I both gasped.

做。就這樣過了三百天。」

他停頓了一會兒。

「可憐的丹尼覺得自己一定會發狂，他需要思考別的事。這個可憐的小伙子需要做點什麼。待在海上這麼久……他受不了這種不確定感和死寂。你們可以嗎？」

吉姆叔叔沒等我們回答。

「那麼，丹尼做了什麼來防止自己發瘋呢？他教貓說話。」

我再次驚訝得吸氣。肖恩皺起臉來，我猜他是覺得難以置信。

「丹尼需要同伴，」吉姆叔叔說，「來度過所有的時光……所有那些日復一日。所以他教貓說話。」

吉姆叔叔看看肖恩又看向我，我猜他是想看看我們是否相信他說的故事。

我從來沒聽說過貓能夠學會說話。

但我聽到貓說話了，這一點無可否認。

「然後他們就漂到岸邊了？」肖恩追問道。

吉姆叔叔搖了搖頭，眼睛低垂著說：「可憐的丹尼。他在漂流三百天之後發現了陸地，就是這個地方——多岩石的海岸，波浪也不大。貓兒跳下木筏安全游上岸，但是丹尼……」

吉姆叔叔一時有些哽咽。他咳了一聲，眼睛依然盯著地板看。

「丹尼沒能成功。他就差那麼一點點，就可以有個幸福美滿的結局，但是只有貓兒上了岸。我在燈塔再過去一點的海灘上發現牠，把牠帶回家，但是丹尼……」他的聲音再次哽咽。

「哇，等一下，吉姆叔叔。」我說，「如果丹尼沒有成功上岸，你怎麼會知道這個故事？你是怎麼知道發生過的這一切？」

「對呀！」肖恩附和道。「你怎麼知道這一切？」

吉姆叔叔的藍眼睛閃過。「當然是貓兒告訴我的。瑟蕾絲特把整件事說給我聽。」

肖恩和我傻傻瞪著他。

「還有一件事，」吉姆叔叔放低音量悄聲說，「村子裡的每個人都相信這個

這句英文怎麼說？

丹尼沒能成功。

Danny didn't make it.

故事……有關於丹尼的。」

他停下來左顧右盼。「你瞧，有些人呢，宣稱他們看到過丹尼・魯賓斯——在他淹死之後。他們說他的鬼魂會上岸。他們相信我們多的是機會看到丹尼・魯賓斯。他們覺得……」

他深深地吸了一口氣。

「他們認爲丹尼會再回來，因爲他想要回他的貓。他們覺得這個憤怒的鬼魂會回到這裡，取回屬於他的東西。」

正當吉姆叔叔話一說完，肖恩和我都還來不及作出任何反應，後門突然被打開了。

門開開的，可是卻不見人影。

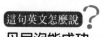

5.

我大聲尖叫。肖恩嚇得把椅子往後推，卻因爲驚嚇過度而發不出半點聲響。又冷又鹹的風吹進廚房，把一疊餐巾紙吹得四散，水杯也被吹倒入水槽。吉姆叔叔跳起來衝到門口，躡手躡腳地將門關上。他轉向我們，臉前所未有的紅。

「得把門上的門閂修好。」他說，「你們不知道，這種情況時常發生，強風會把門吹開開。」

他瞇著眼睛看著我們，然後大笑了起來。

「你們以爲那是丹尼的鬼魂嗎？你們兩個臉色跟帆船的帆布一樣蒼白。」他

這句英文怎麼說？

肖恩嚥了嚥口水。

Shawn swallowed.

笑得更開心了。

「我們只不過是被嚇了一跳而已。」我說。

「我不是很相信村民說的故事。」吉姆叔叔說著轉身回到桌旁。「無論如何，如果丹尼．魯賓斯的鬼魂回來，他是不會從門口進來的，對吧？」

肖恩嚥了嚥口水，臉上逐漸回復了血色。他本來張開嘴，打算說些什麼，卻又停了下來。

我循著他的視線看去，肖恩正在看著那隻貓。

瑟蕾絲特突然從毯子上抬起頭並坐起來，黑色的皮毛沿著背部豎立。她用綠色的眼睛在房間裡四處巡視，又對空中嗅了幾下。

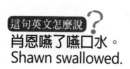

然後她把頭歪向一邊說：「丹尼？」

「你們聽過海盜黑鬍子，對吧？」吉姆叔叔開始講新故事。「黑鬍子大概是有史以來最出名的海盜了。」

「我應該聽過這個名字。」我試著回想。

「我們沒那麼喜歡海盜。」肖恩坦承：「我看過一部強尼．戴普的海盜電影，就只有這樣了。」

吉姆叔叔點點頭。「好吧，我和黑鬍子某個曾曾曾孫一起航行過，有段時間他比黑鬍子更有名。他的名字是強尼・費德斯。他的帽子上總是插著兩根白色羽毛。」

吉姆叔叔揉了揉鬍鬚。「強尼說，那是來自馬達加斯加島的珍貴鴕鳥毛，不過我覺得它們看起來就像是從海鷗身上掉的毛。」他竊笑。

「我那時候雖然年輕，已經知道不要去糾正強尼。他是一名優秀的水手，但是脾氣很暴躁。他曾經把一名廚師扔到海裡，只不過是因爲他的烤雞片切得太薄。我知道那眞的發生過。」

「哇！」我搖了搖頭。「好嚴厲。」

「那件事教我要謹愼行事②。」吉姆叔叔邊說邊從地上撿起一個砲彈。他正帶著肖恩和我在屋子裡四處走走，向我們展示他在海上多年來收集到的寶物。

「現在，我手上拿的這顆，就是殺死強尼・費德斯的砲彈。」

我盯著它，它跟保齡球一樣是黑色的，但是比保齡球小一點。出於某種原因，

這句英文怎麼說?

好嚴厲。
That's tough.

我期望上面會有血跡，但是它非常光滑又乾淨。

「當時他的手下正在測試大砲。」吉姆叔叔說，用雙手拿著那顆沉重的砲彈。「強尼在錯誤的時間經過。有人大喊道：『發射！』

「砲彈把強尼的頭射到海裡，他的身體還站在甲板上，似乎不敢相信自己的腦袋不見了。」

「你在場嗎？你看到了嗎？」肖恩低聲說。

吉姆叔叔點點頭說：「他們從海裡撈出了砲彈，也把強尼的帽子撿了回來，羽毛還好好地插在上面。」

他搖了搖頭繼續說：「但是他們把強尼的頭留在海底。那天的海水很清澈，可以看到強尼從兩百英尺的海底往上看著我們。」

我趁吉姆叔叔把砲彈放回地板上時仔細觀察他。這些故事是他編造出來的嗎？這些故事真的發生過？我不是很確定。

「你是怎麼得到砲彈的？」肖恩問他。

吉姆叔叔聳了聳肩。「沒人想要，所以我就留著它了。我一直都喜歡收藏東西，我不喜歡丟東西。」

他用手比劃房間四周。「你們也看到了，我喜歡收藏紀念品。」

我們跟著他經過短短的走廊來到後面的房間。走廊兩邊擺滿高大的書架，架上都是書籍和老舊的玩具或遊戲，我看到兩個裝在玻璃瓶中的模型帆船，最上層還有一個骷髏頭。

「現在，我要讓你們看看我最大的寶藏。」吉姆叔叔說。他扯了扯一條鍊子，天花板的燈亮了起來。

我們站在一個狹長低矮的房間裡，這裡沒有窗戶，房間最後面有一扇門，門上有一把生鏽的鎖。我驚訝地看著這些凌亂散布的小玩意兒和紀念品，視線最終停在房間中央兩個並排的大木箱上。

「那是海盜的藏寶箱嗎？」我問道。

吉姆叔叔笑了。「它們只是藏寶箱。妳知道，我不是海盜，雖然有時候我喜歡幻想自己是。雖然我夢想成爲一名海盜，但我只是個航海人。眞正的海盜時代是在我出生之前很久的事了。」

這句英文怎麼說？

我喜歡收藏紀念品。

I like a lot of souvenirs.

他用雙手抓住其中一個箱子的蓋子用力推開。肖恩和我走近它。蓋子一開，我們都驚喘了一口氣。

「金幣！」我叫道。「還有珠寶！鑽石！裝得滿滿的！」

箱子裡的東西在天花板燈照射下閃閃發光。

「眞的是海盜藏寶箱！」肖恩驚呼道。

吉姆叔叔舉著蓋子，白鬍子下露出大大的笑容。我覺得他很高興看到我們這麼興奮。

「我在前往斐濟群島的途中發現了這個箱子。」他說，「你能想像我不小心在茂密的椰子樹叢後發現埋藏的箱子時，心裡有何感受嗎？我還以爲我在做夢咧！我不知道在那裡站了多久，一直盯著它。」

我忍不住把雙手插入箱子，讓金幣和閃耀的珠寶穿過指間。

「這個……一定值一百萬美元！」肖恩結結巴巴地說。他看著我伸手在箱子裡翻攪，驚訝之情溢於言表。

「一百萬美元？」吉姆叔叔說。「妳也猜這個數字嗎，薇歐拉？」

「不可能！」我說，「它一定至少值一千萬！」

「實際上，它一點都不值錢。」吉姆叔叔笑著說。

「什麼？」我扔掉一把硬幣後退了一步。

「這些都是假的，」吉姆叔叔說，「這是贗品，連一分錢都不值。」

「但是……所有這些寶藏……」我不願意相信。

「一家電影公司把箱子留在島上。」他解釋道。「他們大概是在拍海盜片，戲拍完後又懶得帶走箱子。珠寶不是眞的，金幣也不是。」

他闔上蓋子時嘆了口氣。「但是偶爾假裝一下也不錯。」他說。「我收集的這些寶藏，它們能幫我記住那些海上探險的美好時光。」

他向門口走去。

「這裡還有很多可讓你們探索的。」他說。「我希望你們玩得開心！你們可以隨意打開箱子，看看架子上還有櫃子裡的東西。」

我聽到響亮的敲門聲，似乎是從屋子後面傳來的。

「那是亨利太太，她把我們要當晚餐的蟹餅拿來了。」吉姆叔叔說，「我去

這句英文怎麼說?

這是贗品。

It's counterfeit.

開門。」

他在走廊上停下腳步轉過身來。「哦，還有一件事！」他指著有大鎖的那扇門。「後面那個房間，是唯一禁止進入的房間。整棟屋子都是你們的，也可以去燈塔探險，但是不要試圖進去那個房間。你們絕對不能進去。」

說完，他急忙轉身去迎接亨利太太進門。

肖恩和我留在原地，看著各式各樣收集來的紀念品和寶貝。其實有些根本是垃圾。

我的目光落在鎖著的門上……那個房間裡可能有什麼呢？爲什麼吉姆叔叔要警告我們不能進去？

他究竟在那個禁忌的房間裡藏了什麼東西？

肖恩和我看著對方，一句話都沒說，但是心裡都在想同樣的事。

我們很清楚知道自己禁不住誘惑，只要吉姆叔叔一不在，我們就會想辦法打開那扇門……

大家好，我是史賴皮……

你是不是感覺到，這個故事即將變恐怖了？

我突然覺得背脊有股毛毛的感覺。還是那只是白蟻爬過啊？哈哈哈！

肖恩和薇歐拉最好睡飽一點，海洋可是有很多驚喜呢！

有一次我把貝殼放在耳邊，猜猜發生了什麼事？

我沒有聽到海洋的轟鳴聲，我聽到有個聲音說：「史賴皮，你眞好！史賴皮，你眞棒！」

我很驚訝。我花了幾秒鐘才意識到，那是我自己的聲音。是我在跟自己說話！哈哈哈！

好吧，夥計們，繼續講故事……

這句英文怎麼說？

那天晚上我很難入睡。
I had trouble getting to sleep that night.

6.

那天晚上我很難入睡。我覺得有部分原因是因爲白天太興奮了，此外，從我窗戶外面傳來的海風呼嘯聲也是原因之一。

風聲像音樂一樣起伏不定。我閉著眼睛仰躺在床上，把被子緊緊地拉到下巴的地方，我隱約覺得聽到細細的歌聲。

有一次，就在我幾乎要睡著時，我感覺好像聽到有人在叫我的名字。

「薇歐拉……薇歐拉……」風中傳來低語。

我馬上坐起身傾聽著。四下一片靜默……然後，又一陣吹拂窗戶的風聲中，我隱約聽到了刺耳的冷笑聲。

我冷不防打了個寒顫，從頭到腳都發冷。我坐在那裡，處在半夢半醒的狀態，雙手抓著被子，好像它是某種救生筏一樣緊緊捏住，靠著它漂浮在水上，就像丹尼・魯賓斯一樣。

為什麼我會想到他？

是因為風聲中聽到的柔和卻令人不寒而慄的聲音嗎？

「薇歐拉……薇歐拉……和我……一起游……」

「不！」我顫抖著低語。

我倒回床上，把被子拉到頭上。我把臉深深埋入枕頭，想要阻絕那個聲音。我必須將風中的尖笑聲隔離在外。

等我醒來時，窗外是像顆球似的紅色的早晨太陽，風已經和緩下來，海鷗在窗外大聲啼叫。

我準備下床時，注意到瑟蕾絲特正蜷縮在我的床尾。

她抬起頭，眨了眨綠色的眼睛，用沙啞的貓聲說：「早安。妳是不是做噩夢了？」

這句英文怎麼說?

我把臉深深埋入枕頭。
I pushed my head deep into the pillow.

7.

我眨眨眼趕跑睡意。然後盯著那隻貓，看到她用淺綠色的眸子凝視著我。對於貓會說話這件事，我還不太習慣。她說的話讓我背脊一陣發涼，但是我仍然跟她道了聲早。

我穿上一條紅色短褲和超大號白色T恤，梳好頭髮後，急忙走下狹窄又搖搖晃晃的樓梯到廚房。肖恩已經坐在桌子旁了，吉姆叔叔正在把一大份蛋捲放到他的盤子上。

「早安，薇歐拉。」吉姆叔叔說，點頭示意我入座。吉姆叔叔穿著灰色運動衫和寬鬆的白色褲子。他沒梳頭髮，長長的白髮糾結散落在紅色的臉頰旁。

「今天的早餐是龍蝦煎蛋捲。」他用宏亮的聲音說道，「還有酵母吐司。我們吃得很講究，對吧？我打賭你們在家吃不到這個。」

「我們通常都吃彩色圈圈穀片。」肖恩說。

吉姆叔叔輕輕一笑。

「妳睡得好嗎，薇歐拉？」他問道，同時把一些蛋舀到我盤子裡。

「還好。」我坦白說。

「風……我一直在風聲裡聽到聲音，讓我覺得心裡發毛。」

他把剩下的蛋舀到自己的盤子上，然後放下手中的煎鍋。

「風聲夾雜著其他聲音。」他說，「是那些沒能安全上岸的可憐水手的聲音。他們還活著，薇歐拉。他們的肉體雖然沉在海底，但聲音卻依然迴蕩在空中，被風傳遞著。」

他瞇起眼睛看著我。「我很驚訝，妳在這裡的第一個晚上就聽到它們。也許妳有天賦，能夠聽到大多數人聽不到的東西。」

我打了個寒顫。「別再說了，吉姆叔叔。你嚇到我了。」

這句英文怎麼說？

它有嚼勁又美味。

It was chewy and delicious.

肖恩的下巴沾了一小塊雞蛋，我幫他擦掉。

「我今天早上看了看外面的天氣，海浪非常高。」他說。

「我本來打算帶你們出海去，但今天不行，海洋正在咆哮——這是老水手的說法。今天早上我的小船幾乎被浪拋到空中。」吉姆叔叔說。

我吞下一大塊龍蝦肉。我們在俄亥俄州的家裡從來沒有吃過龍蝦，它有嚼勁又美味。

瑟蕾絲特走進廚房，尾巴伸得挺直。

「我想妳跟瑟蕾絲特交上朋友了。」吉姆叔叔對我說，「昨天晚上我看到她走到妳房間去。」

「醒來的時候看到她在我床上，我也很驚訝。」我回答道。

瑟蕾絲特向我叔叔歪了歪頭。

「吉姆海軍上將，早餐，拜——託。」

叔叔從盤子裡舀起一大塊蛋捲到貓兒碗裡，她飢腸轆轆地低下頭去吃。

「你應該讓瑟蕾絲特上電視。」肖恩說，「或者幫她拍影片，它們一定會立刻散播開來③。」

吉姆叔叔摸了摸自己的小鬍子。

「散播？像疾病一樣？」

「肖恩的意思是，瑟蕾絲特很可能大受歡迎，成爲大明星。」我解釋道，「她是隻會說話的貓，可以讓你大賺一筆！」

「我認爲瑟蕾絲特應該過上平靜的生活。」吉姆叔叔說著，看著貓兒吃完煎蛋捲，還意猶未盡舔著碗。

「在海上漂流三百天之後，我覺得她不會想再過刺激的生活。至於寶藏，我現在覺得我的回憶就是我的寶藏。」

貓兒抬起眼睛看向吉姆叔叔。

「再來一碗？」她說。

「瑟蕾絲特，如果妳變胖就永遠當不成明星了！」他大笑道。

叔叔幫我們倒上蔓越莓汁。「我今天上午在燈塔有工作必須完成。」他說。

「燈塔很需要好好清洗一番。」

這句英文怎麼說?

如果妳變胖就永遠當不成明星了。

You'll never be a star if you get fat.

他瞥了一眼窗外。「你們想的話，可以慢慢散步到海灘。不過要小心，現在是漲潮時候，海浪很高，下到沙灘的岩石可能會很滑。」

肖恩和我交換了一下眼神。

「我想我們會留在屋裡探索更多房間。」我說。我很清楚我們心裡又同時想著那個上鎖的房間。

「好主意！」吉姆叔叔說。他一口氣喝完果汁。「我應該會在午餐時間前回來，到時候也許會帶你們下去海邊，帶你們認識環境。」

爲什麼肖恩和我會被那個禁止進入的房間所吸引？

吉姆叔叔的屋子裡，有很多東西都值得一看。如果要仔細檢查每個架子、每件收藏品，以及每個藏寶箱，需要花上好幾天的時間。有太多稀奇古怪的東西值得探索了。

可是我們都被那個上鎖的房間所吸引，它就像一塊強大的磁鐵把我們吸過去。我們看著吉姆叔叔走在通往隔壁燈塔入口的狹窄沙礫小路上，我們看著他拉開木門消失在門內。

然後，肖恩和我二話不說匆匆越過走廊來到後面的房間。我拉了一下燈鍊，天花板的燈亮了。

我的視線掃過房間中央的兩個藏寶箱、架子上的紀念品，以及牆上亂七八糟的怪東西。當我的目光停在門上生鏽的鎖時，心臟開始怦怦直跳。

「嘿，看看這個！」肖恩手裡拿著一個綠色的圓形物，是他從架上拿的。我走近幾步想看清楚。

「這是真的縮小的人頭嗎？」肖恩說。他抓著小人頭的頭髮向我揮舞。人頭大約是葡萄柚那樣的大小。

「噢，噁心！」我說。「放下它。沒錯，它看起來像是真的人頭。」

「全部都萎縮了，」肖恩說，「可是眼睛還在。妳覺得吉姆叔叔是從哪裡得到它的？」

「把它放下。」我堅持說。「我相信關於這是誰的頭，以及他是怎麼得到的，吉姆叔叔會有一整套令人毛骨悚然的故事來說明。」

「酷！」肖恩說著把人頭放回架子上。

這句英文怎麼說?

噢，噁心！

Ohh, gross!

肖恩跟著我越過房間，我們盯著門上老舊的鎖。

「我們到底要不要動手？」我問。

「一定要。」肖恩說。「我討厭謎團，妳也是。我們一定要知道裡面藏了什麼。」

「現在只剩一個問題——」我說，「我們必須找到鑰匙。」

肖恩搔了搔頭。「鑰匙可能放在任何地方。它可能藏在這個房間裡，或是屋子裡任何地方。我們怎麼找得到？」

我用手握住鎖頭。它鏽得太嚴重，鐵鏽正刮著我的手掌。

我用力一扯，鎖就應聲裂開。

我嚇得倒退一步，那把老舊的鎖就在我手中碎掉了。

我把它從門上取下。肖恩和我盯著生鏽的門把良久，最後我深吸一口氣。

「動手吧！」我說。

我握住門把一轉，拉開門，倒抽了一口氣。

8.

黯淡的光線從肖恩和我身後流瀉入房裡。

我一手握著門把，靠在門口震驚地瞪著眼前的事物。

房內空蕩蕩的。

沒有家具、沒有堆滿小玩意兒和紀念品的高架……這個房間完全沒有窗戶，連地板也是光禿禿的。

我把門全部拉開，讓更多光線照進來。肖恩在我身邊搖搖頭說：「這就是被禁止進入的房間？這裡什麼都沒有！這是吉姆叔叔的笑話之一嗎？」

然後，在幽暗的陰影中，有什麼東西的輪廓慢慢顯現在裡面的牆邊。我往房

這句英文怎麼說？

這就是被禁止進入的房間？
This is the forbidden room?

內走了幾步，發現一個電燈開關，點亮了一盞昏暗的天花板燈。

在燈光下，我才清楚地看清整個房間——從地板、天花板以及牆面都是水泥砌成的。靠在最後面的牆上，我先前看到的黑色輪廓，竟然是個高大的箱子。

我指著它說：「跟另一個房間裡的藏寶箱一樣。」我的聲音在這間小石屋裡聽起來飄飄渺渺的。

肖恩和我走上前去，我們的鞋子在水泥地上摩擦著。木箱被漆成黑色，但是厚厚的灰塵讓它看起來像是灰色的。一條粗鏈緊緊繞著箱子，蓋子上面有一把生鏽的鎖，就像門上的那個鎖。

「也許這個箱子裡面有眞正的海盜寶藏。」我猜想著，「也許它價值數百萬美元，所以吉姆叔叔才把它鎖上，又用鏈子綁起來，就是爲了確保它的安全。」

「既然如此，我們一定要打開它！」肖恩說。

「如果箱子上有海盜的詛咒怎麼辦？」我說。「在強尼・戴普的電影中，海盜不是會下詛咒嗎？」

肖恩大笑起來：「妳的語氣聽起來好像吉姆叔叔！妳什麼時候也開始相信邪

惡的詛咒？」

我聳了聳肩。

肖恩一把抓住鎖。「我打賭它就跟門上的鎖一樣，等著看，只要用力拉就會碎掉。」

他用力一扯，鎖鏈在蓋子上震動了一下，但是鎖沒有被扯開來。他再次猛拉，加上扭轉，用盡全力又試了一次。

「這個鎖不聽話。」我說。「我們來試試鏈子，也許有哪一環比較脆弱。」

我用手抓住鏈子，它比我想像的還要重。鏈子因爲生鏽，表面刺刺的，但無論我多麼用力拉它、扭它，都沒辦法破壞它分毫。

「我想吉姆叔叔是眞的想要保守這個祕密。」我邊說邊用手背抹去額頭上的汗水。

「一定有可以打開這個鎖的鑰匙！」肖恩盯著鎖，揉了揉下巴。「吉姆叔叔會把鑰匙藏在哪裡呢？」

我環顧空蕩蕩的房間。「沒地方可以藏的。」我得出結論。「我敢打賭他把鑰匙放在身上。你知道的，可能用鏈子串了戴在脖子上，確保沒有人能找到它。」

我突然意識到肖恩沒在聽我說話，他正沿著牆走。

「肖恩，你在做什麼？」我質問道。

他沒有回答，突然停下腳步，敲了敲頭上的一塊石頭。「妳看！薇歐拉，這塊石頭的顏色比其他石頭更淺，是不一樣的顏色。」

「所以呢？」我問，「爲什麼我們要研究石頭？」

「妳等一下就會知道。」他彎起手指開始摳著石頭，試圖把指甲插到石頭和牆面的縫隙中。

他試了幾分鐘才成功，然後他把石頭從牆上取下。

「我就知道！」他邊喊邊把手伸進洞裡，拿出了一把巨大的銅鑰匙。

我拍了拍手。「肖恩，你什麼時候變成天才的？」

「出生的時候。」他笑著說，露出臉頰上兩個深深的酒窩，並把鑰匙遞給我。

我屏住呼吸，將它插入生鏽的鎖上。鑰匙一下子就插了進去，我轉動它，鎖開了。

這句英文怎麼說？

我聳了聳肩。

I shrugged.

「這也太容易了！」我轉向弟弟。「這是最後一次機會。忘了這個房間，忘了這個箱子，我們去別的地方看看。」

肖恩拉著沉重的鋼鏈。「不行。現在膽小退出已經太晚了，薇歐拉。我們已經把鎖打開了。」

我嘆了口氣。

「好吧，要來囉！」

我把鏈子從箱上解下，把它堆放在地板上，然後肖恩和我一起按下門鎖打開它。

正當我要伸手推開蓋子時，突然聽到門口有聲音。

肖恩和我都轉向聲音的來源。當我看清是瑟蕾絲特坐在門口時，心跳差點漏跳了一拍。

那隻貓的綠色眼睛先是看看肖恩，接著又看看我。她揮了一下尾巴，踏著水泥地無聲地走來。

瑟蕾絲特把頭歪向一邊說：「我要告訴吉姆海軍上將。」

9.

「不——等等！」我叫道，「拜託……」

但是在我有所行動之前，貓兒已經轉身，尾巴直直豎立在身後，消失在我的視線中。

「瑟蕾絲特——拜託！」肖恩喊道。他跳起來跑到門口，一秒鐘後轉過身來說：「她走了。」

他走回箱子前，搖了搖頭喃喃道：「誰想得到，那隻貓竟然是個愛告狀的傢伙！」

我還跪在地上，準備推開藏寶箱的蓋子。肖恩在我身邊坐下，問道：「現在怎麼辦？我們被發現了④。我們惹上了大麻煩。」

這句英文怎麼說？

我們惹上了大麻煩。

We're in major trouble.

「我們不如還是打開這個箱子。」我回答道。「我的意思是，反正我們已經惹上麻煩了，開不開箱子沒有差別。」

肖恩點點頭說：「它最好值得我們這麼做。」

我們倆一起抓著蓋子把它往上推。蓋子卡住了，所以我們試了好幾次。最後我們低吼一聲，使盡吃奶的力氣全力一推。

蓋子終於鬆動了，發出喀搭聲。我們盡可能將沉重的蓋子往上扳。

「哇！」我再次擦了擦額頭，站起身來看向箱子內部。

「沒有寶藏……」肖恩低聲說，聽起來非常失望。

「那是什麼？」我大聲說道。

我們看到一個塗了不同顏色的小方盒子，整個箱子裡堆放的都是這樣的小盒子，大部分是藍色、紅色和紫色。

我拿起堆在最上面的一個。它不是很重，我把它舉起來檢查。

「嘿，來看看，」我把它推給肖恩。「你看側面有一個曲柄。」

肖恩瞇起眼睛看著它。「它讓我想起我們有過的玩具，還記得嗎？妳轉動曲

這句英文怎麼說？

妳還在等什麼？
What are you waiting for?

柄，它就會播放音樂，然後頂部會彈出一個小丑。」

「是驚嚇音樂盒。」我說，「你還小的時候很喜歡，可以玩上好幾個小時，讓小丑跳出來，再把它推回去。」

「這可能是個驚嚇音樂盒。」肖恩說，「妳還在等什麼？轉動曲柄啊！」

我用手握住曲柄，然後遲疑了一下。

「肖恩，我……我突然有一種奇怪的感覺，就好像我們不應該轉它，好像盒子裡有什麼不好的東西……」

他呻吟道：「薇歐拉，它看起來就跟我們的玩具一樣。這不過就是個玩具，妳到底有什麼問題？」

「我的問題是，吉姆叔叔把它鎖起來，還告訴我們這個房間禁止進入。所以他可能知道一些關於這些玩具的事……一些他不想讓大家知道的事。」

肖恩再次搖了搖頭。

「薇歐拉的注音怎麼拼？」他說。「ㄉㄢˇ——ㄒㄧㄠˇ——ㄍㄨㄟˇ——」然後從我手中搶走盒子，一手緊握著盒子，一手握住旁邊的曲柄開始轉動。

10.

隨著肖恩轉動曲柄，音樂開始播放。

聽起來像是有人在撥弄一把迷你吉他的琴弦，就跟我們以前的驚嚇音樂盒演奏的歌是同一首——《砰地！黃鼠狼來了》。

「肖恩，是不是有法律規定，所有的驚嚇音樂盒都必須演奏這首《砰地！黃鼠狼來了》。」我說。

我不知道肖恩是否聽到了我的話，因爲他正專心地盯著手中的盒子。

突然，音樂盒發出響亮的「砰」聲。

肖恩和我都放聲大叫。音樂盒的蓋子彈開，一隻戴白帽、穿白色水手服的猩

這句英文怎麼說？

隨著肖恩轉動曲柄，音樂開始播放。

As Shawn turned the crank, music started to play.

猩彈了出來。

我大笑出聲，看著猩猩傀儡左右搖晃。

「雖然我知道它會彈出來，但還是被它嚇了一跳！」

肖恩抓住猴子的塑料頭把它推回盒子裡。他關上蓋子說：「我不懂這有什麼可怕的，它只是個嬰兒玩具。」

我從箱子裡又拿起另一個盒子。這個看起來比較舊，木頭上有很多裂縫，連曲柄都彎曲了。

我慢慢搖著曲柄，盒子播放著同一首歌。當肖恩和我凝視它時，這首歌的歌詞在我腦海中浮現……

在桑樹叢中，
猴子追逐著黃鼠狼。
猴子覺得很有趣，
砰地！黃鼠狼來了。

蓋子砰地打開，音樂盒幾乎從我手上摔落。突然冒出一個穿著白色水手服和帽子的水手，小木頭右手舉在額頭上敬禮。

「好可愛呀！」我說。

肖恩皺著眉頭說：「我不明白。吉姆叔叔收集驚嚇音樂盒，把它們鎖起來，還禁止我們進來這個房間，到底爲什麼？」

我笑著說：「也許他覺得不好意思，像他這樣高大的硬漢水手，竟然也會收集玩具。」

「這說得通嗎？」肖恩說，「我不這麼認爲。」

我把水手推回音樂盒裡，然後把蓋子關上。

肖恩和我又試了幾個音樂盒。接下來的一個盒子裡有一個女海盜，她有長長的金色辮子，在她咧嘴笑的臉上被紅色唇膏塗了一臉，其中一隻手還拿著一個小小的塑膠骷髏頭。

接著出現了更多的海盜。其中一個音樂盒裡有個雙頭海盜，一個腦袋在微笑，另一個則皺著眉頭。

「這一個好奇怪，」肖恩說，「會不會是不良品？」

這句英文怎麼說?

我不明白。

I don't get it.

「不可能，」我回答道。「有人會覺得很有趣。」

幾乎所有驚嚇音樂盒播放的歌都是《砰地！黃鼠狼來了》，只有少數幾個是我們沒聽過的。

我試著往反方向轉曲柄，想看看會發生什麼事，結果這首歌倒著播放，但無論如何都有一個小海盜彈出來。

肖恩嘆了口氣。「這很無聊耶！我不認爲我們會因爲玩了一堆老舊的驚嚇音樂盒而被吉姆叔叔懲罰。」

此時我們已經幾乎快挖到箱子底部了。

「看看這一個！」我靠在藏寶箱一側，彎下腰拉出一個看起來很舊的深色木盒。我把它舉起來，吹掉上面的灰塵。

「這個沒有曲柄。」我說。

「妳確定嗎，薇歐拉？」肖恩從我手裡拿過去仔細研究著。「這個洞應該是曲柄要插進去的地方。」

「可能曲柄斷了！」我再次俯身在箱子底部四處摸索，但是沒有曲柄的蹤跡。

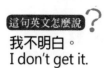

「也許我們可以從其中一個音樂盒上拆下曲柄，用在這個盒子上。」肖恩說。

我感到胃部下沉，心裡浮現一絲恐慌。直覺警告我不妙。

「肖恩，也許吉姆叔叔不希望這個被打開。」我說，「也許是他把曲柄拆掉的，也許這就是為什麼他把這個盒子埋在所有音樂盒下面。」

肖恩不理我，他已經從其他盒子上拆了一個金屬曲柄，把它塞進這個老舊又滿是灰塵的音樂盒側面。

「它看起來跟其他盒子沒兩樣。」他說。「我不明白妳在害怕什麼。」

當他開始轉動曲柄時，我屏住呼吸。

「這行得通。」他說。

音樂開始從盒子裡傳出來，但並不是《砰地！黃鼠狼來了》。它很深沉又陰鬱，像恐怖片的音樂。

「肖恩，停下來！」我說。

但是他一直轉著，陰沉的可怕音樂也繼續演奏。肖恩加快了轉動的速度，音樂依舊低沉穩定播放著。

這句英文怎麼說？

這行得通。
It's working.

「嘿，它現在應該要突然打開了。」肖恩說道，他邊轉動曲柄邊皺著眉頭。

「可能壞掉了吧！」我說。「把它放回箱子裡。好了，肖恩，說真的……」

砰！

蓋子彈開。整個房間爆出震耳欲聾的雷聲和一大片煙霧。

11.

「我無法呼吸了……」

我在濃重的黑煙霧漩渦中又咳又嗆，就算閉上眼睛也無法阻止灼熱的淚水從我臉上滾落。

我盡可能地屏住呼吸。我聽到肖恩在我身邊被嗆到不行，但是煙霧太濃，我根本看不到他。

最後，黑色漸漸變成灰色，濃重的煙霧消失了。我用雙手擦揉淚汪汪的眼睛，努力透過淚眼看清楚情況。

肖恩跪倒在地上，蜷縮在音樂盒旁。音樂盒一定是爆炸時從他手中掉了下

這句英文怎麼說？
真是場可怕的爆炸。
That was a horrible explosion.

來，蓋子是打開的，一個海盜傀儡左右搖擺著。

我在肖恩身旁蹲下，一隻手放在他的肩膀上問：「你還好嗎？」

他點點頭說：「眞是場可怕的爆炸。嚇死我了！」

「我也被嚇得半死。」我說。

「謝謝你放小刀傑克出來！」小海盜喊道。

「它會說話！」肖恩和我都嚇得倒抽一口氣。

雖然海盜的嘴巴沒有移動，但是說話聲絕對來自他。他仰起了頭，接著我們聽到一陣笑聲——爽朗、響亮的笑聲。

小海盜的黑髮上綁著一條紅色頭巾，身上穿著黑白相間的條紋襯衫，外罩一件亮藍色外套。他有一雙棕色的大眼睛和長鼻子，嘴唇上方還有兩撇黑鬍子。

他右手拿著一把長刃刀，但是他的左手不見了，取而代之的是個彎曲的金屬鉤子。

「小刀傑克已經等了很多年！」這個小小人因為身體下面的彈簧而蹦蹦跳跳。

「你準備好進行一次傑克攻擊嗎？」

我的背脊突然發冷。

「這……這太令人毛骨悚然了！」我結結巴巴地說。「肖恩，拜託把他推回去。」

肖恩靠了過來，他張開手掌覆蓋在海盜的頭巾上用力推下去。

「嘿！」

他又使勁力氣推了一下，然後抬起眼睛看著我說：「它卡住了，沒辦法收回去。」

小海盜又大笑了起來：「傑克攻擊時間到了！小刀傑克就留在這裡，夥計！」

「回去！」我大叫，並抓住箱子，把拳頭砸在海盜頭上，又槌又壓的。

「回去！快回去！」

「這是傑克攻擊！我不會回去的！」

他話才說完就開始長大。

「哎唷！」我大吃一驚猛然收回手。

這句英文怎麼說？

它卡住了。

It's stuck.

小海盜的身形開始變大，我嚇得一屁股跌倒在地。

小海盜利用身下的彈簧從箱子裡脫身，他邊爬起身邊伸展雙臂。

我瞠目結舌，掙扎著站起來，等看到海盜身體下面的金屬彈簧消失時，我嚇了一大跳。

海盜小人竟然長出了腳——白色水手褲下方出現一雙黑色的靴子。

肖恩仍然跪在地板上，抬頭看著正在變大的海盜，眼睛因爲驚恐而瞪得大大的。我跌跌撞撞往後退了幾步。

海盜踩著黑色靴子，身形不穩地搖晃著——先向前傾，接著往後倒，過了一會兒才站穩。他比肖恩和我還高大，至少有六英尺。

他那撇鬍子在嘴唇上抖動著，棕色的眼睛炯炯有神，他的嘴巴現在能夠移動了……。

「你們害怕小刀傑克嗎？」他用低沉有力的聲音說道：「你們有充分的理由害怕！」

12.

「這……這太瘋狂了！」肖恩大聲說。他跳起來抓著我的手臂問：「薇歐拉，我們該怎麼辦？」

小刀傑克轉動著如同大理石的棕色眼珠，仰頭大笑起來。

我把臉貼近肖恩悄聲說：「快，我們快離開這裡！」

我環顧房間四周，剛才的爆炸使得驚嚇音樂盒四處散落在地板上。

我轉過身朝門口走去，可是，等等……

它不在原來的牆上了！不知道怎麼回事，房間全都變了樣——門上掛著一面沉重的漁網。

這句英文怎麼說?

怎麼會這樣?
How could this be?

它之前絕對不是這樣的!怎麼會這樣?

我嚇壞了,張開嘴放聲大喊:「吉姆叔叔!吉姆叔叔!你聽到了嗎?」

海盜臉上的笑容不減,他說:「我的女孩兒,他現在聽不到妳的聲音。」

我轉過身面對傑克。

「你是誰?」我用顫抖的聲音大聲質問。「你想要做什麼?」

「你必須讓我們離開。」肖恩輕聲補充道。

海盜舉起手,用鉤子的前端摸著自己的鬍子。他垂下目光看著地上,視線滑過一個又一個驚嚇音樂盒。

「夥計們,你們在哪兒?」他用低沉有力的聲音問道。「快起床,夥計!快起床,好夥計!你們是水手還是懶惰的海龜兒子?」

我聽到連續短促的碰撞聲響,接著是砰!砰!砰!

地板上的音樂盒相繼彈跳起來,它們一個接著一個打開來。

令我震驚的是,肖恩和我之前查看過的小傀儡都蹦了出來。

他們一邊嘰嘰喳喳一邊彈起,細小的嗓音迴盪在牆壁及低矮的天花板上。所有傀儡全都在喋喋不休，同時身形開始長大。

就像小刀傑克一樣，他們冒出箱子，因爲身體下面的彈簧左右擺動，接著頭部和身體似乎充了氣一樣膨脹，身上的衣服也隨之脹大。

「執勤報到，船長。」

「長官好！」

「早上好，夥計們。」

「是時候乘著滾滾浪花了！」

隨著越長越高，他們的嗓音也越來越低沉。

他們紛紛走出小箱子——穿白色水手服的黑猩猩、雙頭水手、長辮子的金髮女人、肩上有一隻鸚鵡的海盜，他們的靴子踩在地板上發出重重的聲響，肖恩和我嚇得僵在原地。

「歡迎，夥計們！」傑克張開雙臂大聲問候。「我們不能再睡了！行動的時候到了！」

所有長大的海盜都振臂歡呼，黑猩猩發出短促的「呼呼」聲，用毛茸茸的赤

這句英文怎麼說?

他的水手服很寬鬆。

His sailor suit was baggy.

腳上下蹦蹦跳跳。

雙頭水手向前走了一步。他又高又瘦，穿著一件寬鬆的水手服，他的水手服很寬鬆，全賴一雙綠色吊帶幫他撐起褲子。他有兩顆一模一樣的腦袋，兩個都沒頭髮，一雙黑色的小眼睛配上鷹鉤鼻。

「應該是出海的好天氣。」其中一個腦袋說。

「我們不需要好天氣。」另一個腦袋回答道。

「是的，我們需要。」

「不，我們不需要。」

「天氣對水手很重要。」

「不，不重要。」

小刀傑克走上前用鉤子戳了戳他們的胸部，他說：「放輕鬆，我的夥伴們⑤！今天要出海的人不是我們。」

他轉向肖恩和我。

「左邊的是鹽巴麥吉，如果有所謂好水手的話，那就是他了。右邊的名字叫作胡椒麥吉，你找不到比鹽巴和胡椒更好的。」

其他水手都同聲高呼附和。

黑猩猩再次呼呼叫。

「放輕鬆，呵呵。」傑克對牠說，「如果你乖乖的，我就給你一根香蕉。」

呵呵露出牙齒笑著上下跳。

傑克轉向女水手。她大大的黑眼珠緊張地來回轉動。

「妳今天好嗎？瘋狂馬德琳。」傑克問道。

她把金色的辮子撥到背後回說：「去捏一隻青蛙看牠會不會打嗝。」

傑克大笑說：「跟往常一樣瘋是吧？馬德琳。」

她嘲笑傑克：「你可以吞下比目魚而不被嗆到嗎？我眞想看你試試。」

傑克的笑容消失了，他說：「馬德琳，妳能對首領行屈膝禮嗎？」

她緊閉著嘴，發出粗魯的聲音。

有一些海盜笑出聲，不過當傑克轉身對他們怒目而視時，他們同時閉嘴。

我意識到我的整個身體在顫抖。我深吸了一口氣，試著讓自己的聲音聽起來

這句英文怎麼說？

她緊閉著嘴，發出粗魯的聲音。

She put her lips together and made a rude sound.

很冷靜。

「很高興認識你們！」我說，「但是我弟弟和我現在必須離開。」

「說得好，我的女孩。」傑克回答道。「但我想這點還不一定⑥。」

「不一定？你是什麼意思？肖恩和我必須離開。吉姆叔叔很快就會來了。」

「沒錯，他會到處找我們的。」肖恩擠在我身邊補充說。

有幾個水手對此嗤之以鼻。

「他們的叔叔正在尋找他們。」鹽巴麥吉說。

「不，他沒有。」胡椒麥吉回答道。

「我對你們另有規劃。」小刀傑克用鉤子尖端騷著臉頰說。「危險的計畫，知道嗎？」

「獠牙，獠牙，叔叔是一頭海象。」瘋狂馬德琳說。「你有沒有見過我叔叔沃利？」

「不，拜託。」我懇求道，「聽我說……我們必須回到吉姆叔叔那裡，就是現在。」接著肖恩和我用手掌圍在嘴巴周圍大喊：「吉姆叔叔！救救我們！吉姆叔叔！快來！」

有些水手再次大笑，穿水手服的黑猩猩也搔頭咧嘴笑了起來，牠的嘴巴笑得那麼開，我都可以看見粉紅色的牙齦了。

傑克搖搖頭，假裝傷心的樣子。「很遺憾，海軍上將老頭子聽不見。」他說，「你們瞧，他目前在的地方是沒辦法聽見妳的。」

我瞪著他問：「你這是什麼意思？吉姆叔叔在哪裡？」

海盜從地板上撿起一個盒子遞給我。「來吧，小姊姊，轉轉曲柄。」

「別這麼做！」肖恩驚呼道。

小刀傑克站在我身邊看著我，他把鉤子舉在胸前說：「來吧，轉一轉，讓我們聽聽美妙的音樂。」

他示意其他海盜說：「我們一起跟著唱，夥計們。」

「不……不。」我結結巴巴地說：「我不想。」

傑克嘴裡發出低沉的咆哮聲，他把鉤子放到我肩上用力按著說道：「轉動它，小姊姊。」

這句英文怎麼說？

我別無選擇。

I have no choice.

「噢。」我別無選擇，用顫抖的手抱住箱子，開始轉動側面的曲柄。音樂叮咚咚地傳出來，海盜們一起跟著唱：

在桑樹叢中，

猴子追逐著黃鼠狼。

猴子覺得很有趣，

砰地！海軍上將來了。

蓋子打開了。一個穿著白色水手服和帽子的巨大白髮傀儡彈射出來，站在彈簧上瘋狂地反彈著。

我用雙手抓著盒子，將它拿近一點仔細研究……忍不住尖叫出聲：「吉姆叔叔！」

13.

「噢，不！」肖恩在我身邊大聲哀號。

「你對他做了什麼？你是怎麼做到的？」我大聲質問道。

傑克再次用鉤子敲敲我的肩膀說：「這是一場公平的交易，妳不覺得嗎？用海軍上將換船長。」他大笑起來。

肖恩和我驚恐地看著那個蹦蹦跳跳的身影——鼓鼓的肚子、從帽子底下冒出來的白色頭髮、白鬍子，叔叔紅通通的臉上因爲驚恐而大張著嘴巴。

小刀傑克就站在那兒看著我們，笑得合不攏嘴，他說：「如你們所見，你們的叔叔沒辦法來救你們了。」

這句英文怎麼說？

這是一場公平的交易。

It's a fair trade.

「你……你不能這樣做！」我不知所措地說。

「小刀傑克船長可以爲所欲爲。」鹽巴麥吉說。

「不，他不能爲所欲爲。」胡椒表示不同意。

「他能。」

「恐怕我難以苟同⑦。」

傑克舉起他的鉤子手，制止雙頭水手繼續跟自己爭執。他從我手中拿走裝著吉姆叔叔的驚嚇音樂盒，把它遞給另一名水手。

「你們想讓這位老海軍上將回來嗎？」他對肖恩和我說。「你們想讓一切恢復正常嗎？」

我沒有回答這個問題，反而用眼睛示意肖恩。

「跑！」我低聲說。

我們拔腿跑向遠處的牆。如果可以把蓋在門上的沉重漁網推到一邊，也許我們就能逃脫。

傑克和他的海盜們被我們突如其來的舉動嚇了一跳，一時之間反應不過來。

我快步跑過傑克身邊，避開瘋狂馬德琳，朝著魚網撲過去。

「往燈塔走，肖恩。」我喊道。「也許我們待在那裡會安全。」

「不，不會的！」鹽巴麥吉說道。

「他們會。」他的另一個腦袋胡椒說。「快阻止他們！」

「你去阻止他們！」鹽巴喊道。

「你去阻止他們！」胡椒反擊道。

雙頭水手張開雙臂準備攔截我們。

肖恩往右，我往左，我們越過他。

雙頭水手迅速轉身，可惜太遲了。

在我們身後，是傑克和海盜們此起彼落的喊叫聲，肖恩和我已經快跑到掛漁網的牆邊，我可以清楚地看到漁網後面的門。

正當我要往門撲過去，就聽到肖恩的哀叫聲。

我轉過身，看到大黑猩猩從後面撲向肖恩，隨著一聲巨響，肖恩面朝下跌倒在地。呵呵一躍跳到肖恩的背上，在他身上跳來跳去。

這句英文怎麼說？

阻止他們，你們這些笨手笨腳的傢伙！
Stop them, you lugs!

「不──！」我發出一聲吶喊。

「在海灘上海味野餐！在海灘上海味野餐！」瘋狂馬德琳尖叫著。她究竟有沒有說過任何有意義的話？

我低下身體用力衝撞黑猩猩。

呵呵從肖恩身上翻了過去，牠努力想保持平衡，這讓我有足夠的時間拉著肖恩的手讓他站起來。

「在海灘上海味野餐！」等我們跑到漁網所在，還能聽到瘋狂馬德琳的喊叫聲。肖恩和我瘋狂扯著漁網，想將它推到一邊去。

「快給我阻止他們！阻止他們，你們這些笨手笨腳的傢伙！」傑克尖叫著。

我們逐漸被海盜包圍住，他們伸出手來抓我們，我扭動肩膀想掙脫。

漁網掉了下來，我握住門把一轉，接著和肖恩猛然衝了出去。

我們埋頭不停奔跑，憤怒的叫喊聲緊跟在後。

哇！等等！

門後並不是吉姆叔叔裝滿寶藏的那個房間。我們發現自己置身在屋子外面！

肖恩和我正穿過高高的草叢。

我的呼吸沉重，心跳快得胸腔都發痛。我看到前方是藍綠色的海洋，在午後斜射的陽光下閃閃發光。

「燈塔在哪裡？」肖恩大叫道。

我們在原地轉了好幾圈，完全沒看到燈塔。它不見了！但那是不可能的。

突然，我意識到這是不同的房子——它是用深色石頭建造的，所有窗戶都有黑色的百葉窗。

「一切都變了！」我大聲說道。

我止不住聲音裡的顫抖，呼吸急促地說：「是我們造成的，肖恩，就在我們打開驚嚇音樂盒的時候。你還不明白嗎？我們改變了一切！」

我們聽到了房子裡的喊聲，然後是踩著地的腳步聲。

我們轉身開始再度跑了起來。一條狹窄的泥土路通向海灘，我看到左手邊有座木板碼頭，就是吉姆叔叔的小船停泊的碼頭。

「哦，不！」當我看到現在停泊在碼頭的那艘大型帆船時，不禁大叫出聲。

這句英文怎麼說？

無處可逃。

Nowhere to run.

那不是吉姆叔叔的小型快艇，而是一艘有黑色風帆的雙桅帆船。

一艘海盜船！

海盜們在我們身後追趕，阻斷了我們的退路。

肖恩和我別無選擇，只能跑到碼頭上。我們的鞋子在木板上砰砰作響，小碼頭在我們腳步下搖搖晃晃。

波浪拍擊狹窄的碼頭兩側，我感覺到冰冷的水花噴濺在皮膚上。海浪一波接一波地沖刷上岸，午後的天空點綴著少許雲朵。

等我們跑到碼頭的盡頭，兩個人都氣喘吁吁。我們被滾滾浪濤包圍，放眼望去除了海洋，就是我們右方在水中起伏不定的巨大海盜船。

我們被困住了。

無處可逃。

海盜們在小刀傑克的帶領下向我們逼近，他們甚至不必追趕，因爲他們很清楚已經把我們困在碼頭上。

肖恩和我慌張地交換目光。

我們應該跳進大海嗎？

不，我們不是強壯的泳者，何況我們無處可去。

肖恩和我並肩站在碼頭邊緣，我的心臟怦怦直跳。

浪花在我們四周圍噴濺。

傑克和他的海盜走近我們，碼頭在所有人的重壓下微微搖晃，海盜們已經露出勝利的笑容了。

「他們會把我們推下海嗎？」肖恩小聲問道。在洶湧的波浪中，我幾乎聽不到他的聲音。

一波海浪湧到我腳邊，我不禁一陣寒顫。我直直盯著帶頭的傑克，他手裡拿著一把鋸齒狀的刀，刀刃在午後的陽光下閃爍，他威脅性地舉起鉤子，一副準備戰鬥的樣子。

「拜託……」當他靠近時，我結結巴巴地說。「拜託……」

肖恩緊緊靠在我身上，因爲無路可退，我們的腳跟已經超出碼頭的邊緣了。只要一推，我們就會掉進翻騰的水裡。

這句英文怎麼說？

仔細聽好了。

Listen carefully.

傑克放下刀，他看著我說：「我相信在妳決定無禮地離開之前，我問了一個問題，我的女孩。」

我吞了吞口水問：「一個……一個問題？」

他點點頭說：「我問妳想不想讓吉姆叔叔回來，想不想恢復原來的生活。」

「想，想！當然想！」我急喘喘地回答。

「沒錯，怎樣才能讓吉姆叔叔回來？快告訴我們！」肖恩大聲問。

傑克用鉤子手揉著下巴說：「好——仔細聽好了，只有一種方法。」

14.

海盜圍住我們，逼我們回到屋子裡。驚嚇音樂盒的蓋子全都還打開著，散落在地板上。

傑克的海盜們背靠著牆坐在地板上，瘋狂馬德琳在前面踱步，她的辮子在身後飛舞著。

「妳坐下，小馬。」傑克命令道。

「去坐在單腿鸚鵡身上。」她回答道，說完仰頭大笑，彷彿說了什麼超級大笑話。

鹽巴和胡椒輕輕拉著她的手讓她坐下。

這句英文怎麼說？

海盜圍住我們。

The pirate circled us.

肖恩和我站在房間中間，雙臂抱在胸前。

遠離碼頭邊緣讓我感覺稍微安全了點，但是在等傑克說話的同時，一股寒意仍然在我脖子後面徘徊不去。

他調整了綁在又長又直黑髮上的紅色頭巾，深色的眼睛從肖恩移到我身上，表情十分嚴肅。

「如果妳想拯救海軍上將老吉姆，並且如妳所願恢復之前的生活……」他邊說話邊用鉤子手做了個手勢。「很簡單！」

「淳樸的賽門吃了一個派男人！」瘋狂馬德琳從她靠牆坐著的地方喊道。

黑猩猩呵呵呼呼叫，好像覺得很有趣的樣子。

「我……我們該怎麼做？」我膽怯地問。

「航行到蛤蜊島。」傑克回答道。他等著肖恩和我做出反應，但我們只是站在那裡茫然地看著他。

「如果你們跟著太陽的方向走，這是一段短暫的旅程。」傑克說。

「不，才不是。」胡椒麥吉插話道。

「是，它是。」他的另一顆腦袋爭辯道。

「我們必須出海到一個島嶼去？」我說，試圖理解他的意思。

傑克點點頭說：「航行到蛤蜊島，然後救出皮普船長。」

肖恩和我交換了一下眼神。

「誰是皮普船長？」我問道。

「我的金絲雀。」傑克說。「皮普被金絲雀獵人綁架了，我想要牠回來。」

「所以，肖恩和我去蛤蜊島帶回你的金絲雀？」

「不。」瘋狂馬德琳插嘴道，「你們航行到金絲雀島，然後帶回他的蛤蜊。」

她又仰頭大笑起來。

「就這麼簡單。」傑克無視她繼續說，「如果妳帶回皮普船長，我保證——以海盜的榮譽——我回到我的盒子裡，我的船員們也會消失，而吉姆海軍上將會恢復。一切都會恢復正常。」

「但……但是……」肖恩虛弱地說。

我想著碼頭上那艘巨大的海盜船，它高大的桅杆和寬闊的黑色風帆。「不可

這句英文怎麼說？

肖恩和我交換了一下眼神。

Shawn and I exchanged glances.

能！肖恩和我不是水手。」我說。「我們沒辦法獨自駕駛一艘船。」

傑克翻了個白眼。

「你們當然不能。妳以為小刀傑克是傻瓜嗎？這就是為何我要派一組船員跟你們一起。」

我瞥了一眼靠坐在牆邊的海盜們。「船員？」

傑克點點頭。他用鉤子手指著：「鹽巴和胡椒會和你們一起去，還有呵呵，還有馬德琳。這是你們作為水手所能祈求到的最好船員了。」

他在開玩笑嗎？

並不是。當他指向那三名海盜時，他們都跳起來敬禮。

「遵命！」鹽巴說。

「遵命！」胡椒回答道。

「你應該說遵命！」鹽巴糾正他。

「你又不是我老闆！」胡椒回嘴道。

黑猩猩呵呵拉了拉自己的水手帽，牠用舌頭舔著牙齒，興奮地上下跳。

馬德琳清了清嗓子以引起注意。

「我現在想唱我最喜歡的告別歌，但是我很難過，因爲我知道歌詞。」她擦去眼淚。

肖恩靠近我悄聲說：「我們不能和他們一起出海。不可能！他們都是瘋子。」

我轉向傑克。「我們有選擇嗎？有其他肖恩和我可以做的事嗎？可以說服你們回到音樂盒裡去。」

「皮普船長是一隻可——愛的金絲雀。」他回答道。「當那隻小鳥兒唱歌的時候，牠讓我的心溫暖地顫動。」

「好的，但是……爲什麼你自己不去救牠？」我說。

「因爲我會過敏。」傑克回答道。「對蛤蜊過敏。我會起疹子，嚴重到妳難以相信的程度。」

「但是你可以留在船上，然後你的船員……」我還沒說完，傑克就舉起手來制止我繼續。

「你們想再見到叔叔，不是嗎？」他突然惱怒了起來，「你們希望我們所有

這句英文怎麼說？

我會過敏。

I'm allergic.

人都回到盒子裡，不是嗎？那麼，今天就乘著快活海痂號出海到蛤蜊島，帶回我的皮普，別再嘮嘮叨叨的！」

我嚥下口水站直身體，希望雙腳不要發抖。

「快活海痂號？」肖恩用微弱的聲音說道，「那真的是你的船名？」笑容慢慢在傑克臉上綻開。「那就是遠近馳名的快活海痂號！」他吹噓道。

幾分鐘後，肖恩和我走在跳板上，準備登上碼頭邊不停晃動的大船。木甲板高高地矗立在水面之上，高掛在我們頭頂上的黑色風帆在持續的強勁風中翻飛，發出吵雜的劈啪聲。

鹽巴、胡椒、呵呵和馬德琳跟著我們上船。呵呵非常興奮，一邊呼呼叫著，又咕嚕咕嚕地跳來跳去。

肖恩在甲板上東張西望，我則緊抓著欄杆望著岸邊。

我可以看到小刀傑克，他正在碼頭後面的岩石海灘端詳我們，我還看到蘆葦叢後方的房子。

「拉起船錨！」鹽巴麥吉喊道。

「你去！」胡椒厲聲說道。

「不，你去！」

我聽到一陣嘎嘎聲響，沒過多久就看到一具巨大的金屬錨從水中升起，這艘船駛離碼頭，我們起航了。現在，沒有回頭路了。

海盜船開始移動，波浪拍打著海盜船兩側。

我費力望著岸邊，看見碼頭腳下有一個黑點，花了幾秒鐘我才意識到，那是瑟蕾絲特！

沒錯，那隻黑貓正盯著移動的海盜船。

在風聲之外，我能聽到貓的呼喚聲：「別去！別去！」

大家好，我是史賴皮。

如果你問我的話，我會說，瑟蕾絲特是隻膽小鬼⑧。

在一艘海盜船上，和雙頭水手、黑猩猩、瘋狂的海盜一起航行到遙遠的島嶼，有什麼可怕的？唯一缺少的，就是會說話的木偶了。

我好想坐船航行，我想看巨型鮪魚在海裡游泳。

我一直想知道關於鮪魚的一件事：牠們是怎麼把自己擠進那些小小的罐頭裡？哈哈！

好吧，薇歐拉和她弟弟會遇到比鮪魚更難搞的生物。

我希望薇歐拉的新暱稱不是鯊魚餌！

哈哈哈！

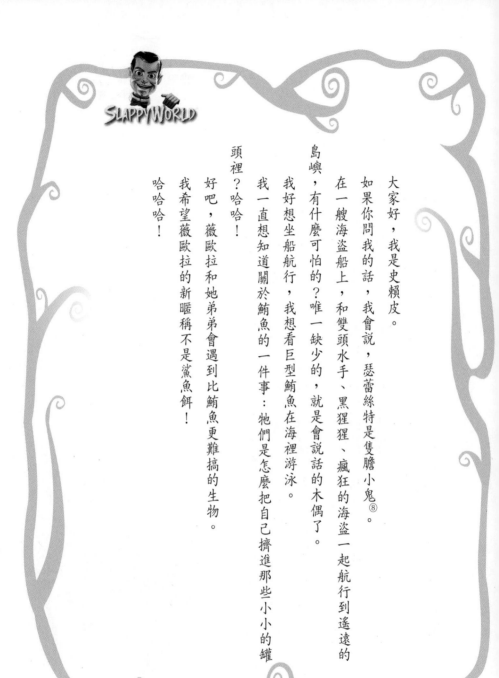

15.

海盜船在浪潮落下時隨之下沉，肖恩和我並肩站在一起，雙手緊握甲板上方的欄杆。黑色風帆迎著風劈啪飛舞，我們加快了速度。

我們沉默地看著碼頭、海灘和屋子變得越來越小，最終消失在遠方。

沒有什麼好說的。

沒有人可以求救，沒有人能從這個瘋狂的任務中拯救我們。

航行到某個島嶼？捕獲一隻金絲雀帶回來？

當然，整件事情是不可能的。

黑色風帆發出呼嘯的聲響，彷彿在向風打招呼。聞起來帶鹽巴的空氣，冰

這句英文怎麼說？

我們加快了速度。
We picked up speed.

冷地吹拂在我發燙的臉頰上。

「不知道我們能不能再見到吉姆叔叔。」我對肖恩說。

他嘆了口氣低聲說：「不知道我們能不能再見到媽媽和爸爸。」

「都是我們的錯。」我說。「如果我們有聽吉姆叔叔的話，如果我們遠離那個上鎖的房間。」

肖恩艱難地嚥了口水，發出很響的吞嚥聲。他悲傷地搖了搖頭，沒有回話。

浪濤變大了，海水濺上甲板潑到鞋子上，我們不約而同往後一跳，風把我們的頭髮吹得一團亂。

「妳覺得要花多久時間才能抵達小島？」肖恩以微小又驚恐的聲音問道。

我一點概念也沒有，所以只是聳了聳肩。

他指著一條往下的狹窄樓梯說：「我要下去，看看能不能找到我們的船艙。」

我本來要跟著肖恩下去，但是鹽巴和胡椒阻擋了我的去路，那兩個腦袋正在研究甲板外的波浪。

海盜船搖晃得很厲害，甲板向一邊傾斜，我一時失去平衡撞上雙頭水手。他跌跌撞撞退到旁邊，我們兩個差點就摔倒了。

「放輕鬆！」鹽巴說，他抓著我的肩膀讓我站直。「要能在船上如履平地[9]需要一段時間。」

「不需要。」胡椒說。

「有需要。爲什麼你總是跟我爭辯？」

「我沒有。」胡椒回答道。

「有，你有！」

兩顆腦袋轉向我，鹽巴問：「哪一條路會到蛤蜊島？」

我大吃一驚說：「哪一條路？你爲什麼問我？」

「因爲我不知道。」他回答道。

「我也不知道。」胡椒說。

那些話讓我心中充滿了恐懼。難道我們已經迷路了？

「跟著月亮。」從臺階傳來一個聲音——瘋狂馬德琳出現在下面的甲板上。

兩個腦袋馬上轉過去看著她問：「跟著月亮？現在是大中午的。」

「跟著月亮。」她重複道:「它永遠不會帶錯路。」她拿起自己的辮子打了兩次結。

一陣恐慌席捲我全身,我強迫自己開口。「你們真的不知道去蛤蜊島的路?」我用顫抖的聲音問道。

「我相信是往那個方向。」鹽巴說。他的左手指著右邊,右手指著左邊。

「天哪!」我說,「那麼……是誰在駕駛船?」

「看看船長的船橋。」他回答說,指著船尾一個高起來的甲板。

我看見黑猩猩呵呵站在那裡,一手拿著一根香蕉,另一隻則放在船舵上。牠先是把船舵轉向一邊,接著又轉向另一邊。

「黑猩猩在掌舵?」我喊道,無法抑制內心的恐慌。

「牠不知道我們要去哪裡。」馬德琳插話道。「不過我們的船速很不錯。」

「爲什麼?」我質問道。「爲什麼是呵呵在駕駛這艘船?」

鹽巴壓低聲音說:「妳想當那個告訴牠不能駕船的人嗎?」

「但你是水手,對吧?」我喊道。「你在這艘船上航行過很多次?你真的不知道怎麼帶我們去到島上？」

他聳聳肩，兩個腦袋都搖頭表示沒有。「我一輩子都在航行……」鹽巴正要說話。

「不，你沒有。」胡椒打斷道。

「我一輩子都在航行，但方向對我來說一直是個謎。」

「我也是。」胡椒補充道。

我眨了眨眼睛。他們剛才是首次達成共識嗎？

船又晃了晃，一陣陣海風把我的頭髮向後吹，我不禁抖了一下。

我跟這些瘋子一起困在船上，還迷失在海上。這艘船由一隻穿水手服的黑猩猩掌舵，而且沒有人知道怎麼導航到我們要去的地方。

肖恩在哪兒？我必須告訴他，我們陷入的麻煩比想像中還要糟糕。

正當這些想法席捲我恐慌的心靈時，弟弟出現在下面的樓梯間。他推開馬德琳，倉促跑過甲板來找我。

「看看我在下面的船艙找到了什麼！」肖恩一隻手舉著一卷帆布大聲說道。

「是一張地圖。」

「眞的？」我大叫，「一張顯示通往蛤蜊島路線的地圖？」

肖恩點點頭。「沒錯。它上面有很多線條，其中一條線直直連到蛤蜊島。」

「哦，謝天謝地！」我說。「謝天謝地！居然有張地圖！」

肖恩舉起它開始將它攤開。

「讓我看看。」鹽巴說著從肖恩的手中搶走它。

「不，讓我來看看！」胡椒喊道。

兩隻手互相爭來奪去。

「我先看到的！」鹽巴驚呼道。

「讓我看看！」胡椒喊道。

左手抓住了地圖，然後右手又搶了回去。

兩隻手爲了地圖在爭吵。

「把它給我！」

「讓我看看！」

這句英文怎麼說？

我眨了眨眼睛。

I blinked.

一陣強風將地圖從他們手中吹走了。

「哦，不！」

我尖叫道，看著地圖飛過欄杆落入水中，消失在浪花裡。

16.

我扶著欄杆凝視著海水，感覺彷彿有海浪在我胃裡翻騰，不得不強迫自己深呼吸。

我轉身向其他人大聲說：「現在我們該怎麼辦？沒了地圖，我們該怎麼辦？」

「跟著月亮走。」馬德琳說：「如果妳跟隨月亮，事情就很容易了。」

在船長的船橋上，我看見呵呵開始吃另一根香蕉。牠仍然是用一隻手掌舵，一會兒向左旋轉，一會兒向右旋轉。

「這都是你的錯！」胡椒對他的另一個腦袋說。

這句英文怎麼說?

都是你的錯。
It's all your fault.

「不，是你的錯。」鹽巴回答道。

「沒有地圖，我們會迷路的！」我呻吟著，悲傷地搖頭。

「我們不會。」肖恩說，「我想我們應該沒問題。」

每個人都轉過去看著他。

「肖恩，你是什麼意思？」我問道。

「我記住了地圖。」他回答道，「至少，我覺得我記住了。」

「我也記住了！」馬德琳說。「但是我從沒看過它，我沒看過就記住了。」

「蛤蜊島就在這裡的東北方。」肖恩說，「如果我們朝東北方一直線走，就會找到它。」

「對不起，但是水手不會說『東北』，你一定要說『通北』。如果你不說『通北』，我們就不知道你在說什麼。」鹽巴說。

「才怪！」胡椒爭辯道。

「我們需要有人引導我們到『通北』。」我說，「我不認爲呵呵可以做到。」

我瞥了一眼船長的船橋，呵呵正在一邊倒立一邊撓肚子。

這句英文怎麼說？

我可以試試看。

I can try.

「呵呵當然辦不到。」鹽巴說，「呵呵是一隻黑猩猩。」

「好吧，我可以掌握船舵。」胡椒說，「我駕過許多帆船上岸。」

「不，你沒有。」鹽巴對他的另一個腦袋說。

「我可以試試看。」胡椒回答道。

馬德琳爬上船橋，她簽著呵呵的手把牠帶下來。「呵呵和我要一起下去我的船艙聊聊天。」

「呼呼呼～」呵呵說。

「說不定我們會下一盤棋。」馬德琳說。

「呼呼～」

「我知道你在說什麼。」她告訴呵呵：「你不喜歡下棋，因爲我總是贏，但那是因爲你是一隻黑猩猩，你不知道規則。」

我看著他們消失在樓梯間。

鹽巴和胡椒爬上船橋接掌船舵，他們穩穩地轉動它。

正當肖恩和我觀察他們時，那兩顆腦袋仰向天空，開始伴著風聲放開喉嚨大聲唱著一首海洋歌。

我們是鹹狗⑩，鹹狗是我們，

就像各地的鹹狗一樣，我們航行在鹹海上。

我們航行在鹹海上，

我們航行在鹹海上，

我們是鹹狗，是的，鹹狗，

不管滾滾浪濤帶我們去哪兒，

我們就是鹹狗。

鹽巴唱主旋律，胡椒唱和聲，聽起來真的很不錯。

太陽的位置很低，好像要沉入水中似的，光線也轉紅了，幾片雲朵在我們頭上慢慢飄過，海盜船破浪航行，海水閃爍著光芒。

我開始感覺好一些了。

如果肖恩正確地解讀地圖，我們走在正確的路線上，而且鹽巴麥吉看起來是知道如何掌舵的。

這句英文怎麼說？

我們走在正確的路線上。
We were on the right course.

我轉向肖恩，他正望著夕陽的熾熱色彩。

「也許我們會走運！」我說：「也許我們可以到達那個島嶼再回來。」

「也許吧！」肖恩說。

我們的好運才持續了十分鐘，接著海盜船就進水了。

17.

我和肖恩站在欄杆旁看著洶湧的汪洋水域，鹽巴和胡椒在船橋上邊掌舵邊唱歌，他們至少唱了十遍。

天氣變得涼爽，強風吹亂了我的頭髮。正當我想下去船艙時，聽到樓梯間傳出聲音。

呵呵首先出現，然後是馬德琳，當我看到他們渾身濕透時吃了一驚。

「發生了什麼事？」我大聲問道。

馬德琳把頭髮擰出水來，對我笑了笑，她說：「呵呵和我，我們在游泳。」

肖恩瞪大了眼睛問：「游泳？」

發生了什麼事？
What happened?

馬德琳點點頭說：「是的，在下面的水池游泳。」

在我們上方的鹽巴和胡椒放開了船舵，從船橋爬了下來。

「游泳池？」鹽巴怒吼道：「這艘船上沒有游泳池！」

馬德琳楞楞地說：「哦，我明白了！那麼，一定是有漏洞。」

呵呵呼呼叫著，抓了抓胸口濕漉漉的皮毛。

鹽巴跳到甲板上，兩個腦袋都發出警報叫聲。

肖恩和我正要朝樓梯間跑去，但是突然一陣大浪把海盜船推得歪向一邊，我們失去平衡，跌跌撞撞退回欄杆邊上。

鹽巴和胡椒已經跑到樓梯口，我聽到他們的鞋子踩在木臺階上發出的沉重腳步聲，接著從下面傳來他們驚恐的尖叫聲。「下沉！快活海痂號正在下沉！」

我抓住肖恩的手，滿臉都是被風吹亂的頭髮。恐慌緊鎖我的喉嚨，我強迫自己深呼吸。

馬德琳搖了搖頭。「我應該記得的，船上沒有游泳池。」她拍了自己的額頭。

「我在想什麼？」

肖恩的眼睛張得大大的，臉色變得蒼白。他緊緊握住我的手：「薇歐拉，我們會被淹死嗎？」

我還來不及回話，鹽巴和胡椒就已經回到甲板上。他們的水手褲都濕透了。

「我們不會被淹死。」鹽巴回答說。

「會，我們會。」胡椒說，聲音顫抖著。

「不，我們不會。」鹽巴堅持道。「我們有救生艇，記得嗎？」

「是，你是對的。」胡椒說。「我忘了。」

「你沒忘，胡椒，你只是想唱反調。」

「不，我沒有。」

「別吵了，你們兩個！」我尖叫道。「救生艇在哪裡？帶我們去救生艇！」

「我想下午茶時間到了。」馬德琳說。她檢查了自己的懷錶，即便她即沒有口袋也沒有手錶。「上救生艇之前我們可以喝杯好茶嗎？」

海盜船再次傾斜，我們被拋得擠成一團。

「我們……我們注定要沉沒了。」肖恩喃喃道。「我……我不喜歡這樣，薇

這句英文怎麼說?

跟我來!

Follow me!

歐拉。」

「沒時間喝茶了,」鹽巴對馬德琳說,「我們下沉得很快,得登上救生艇才行,跟我來!」

「跟我來!」胡椒說。

海盜船在浪花中沉沒時,肖恩和我緊緊抓住甲板欄杆,跟著大家走到船的另一端,救生艇被一條粗繩索懸掛在甲板上方。

那是一條又長又窄的划艇,兩側掛著槳。鹽巴先將船推過甲板的一側,接著開始解開繩結。「我馬上就把船放下。」他說。

呵呵發出刺耳的叫聲,還激動地拍拍肖恩的背。

不到幾分鐘鹽巴就解開了繩索,划艇隨著巨響落入下方起伏的海面上。

肖恩和我看著救生艇,它在我們下沉的海盜船旁,在深綠色的波浪中搖晃,看起來非常小。

「我們要怎麼下去?」我問道。

鹽巴把一個繩梯扔下去,他說:「你們爬下去,然後你們就會像蛤蜊巧達湯一樣安全。」

我緊張地嚥了口水，心跳得很厲害，因爲那艘划艇看上去在距離很遠很遠的地方。海盜船搖晃、傾斜著往下沉……我能抓得住繩梯安全地爬下去嗎？

呵呵興奮地上躥下跳。馬德琳搖搖頭說：「我把最喜歡的鼻哨子放在下面了，我能去拿嗎？」

「沒時間啦！」鹽巴說，把她推向繩梯。「你們知道海上的規矩，婦女和兒童優先。」

「是的，婦女和兒童優先。」胡椒說，這次很肯定地贊同他的另一個腦袋。

馬德琳站到旁邊，她抓住我的肩膀，把我推向繩梯上方。「婦女和兒童優先。」她重複道：「妳下去，薇歐拉。著陸快樂。」

到了這個時候，我的心臟因爲跳得太激烈，胸口都發痛了，肌肉也僵住了。我抓著梯子兩側的繩子，但是我的手抖得幾乎抓不住它們。

我轉過身，把腳放到梯子的第一階上。肖恩從船邊探出身體說：「祝妳好運，薇歐拉，妳做得到的！我就在妳後面。」

海盜船被浪拋了起來，我差一點鬆開手。我喘著大氣，緊緊抓住粗糙的繩子，繼續爬下梯子。

「妳做得到的！妳做得到的！」肖恩在我上方呼喊著。

但是當我看到呵呵跳到我上方的欄杆上時，我停了下來。大黑猩猩在欄杆上站穩，牠彎曲著膝蓋。一次，兩次。

接著，牠從欄杆一躍而下，越過船的一側。

我緊抓著繩梯，眼睜睜看牠墜落。呵呵把手臂高舉過頭頂，垂直往下落在救生艇上，發出巨大的撞擊聲，小船因衝擊力而在水上高高彈起又落下。

在我上方的鹽巴、胡椒、馬德琳和肖恩都不約而同大聲喊叫，我緊緊抓住繩梯看著黑猩猩從小船上坐起身。

接著，呵呵爬到船尾握著兩邊的船槳。

正當我們大聲呼叫要牠停下來時，呵呵彎下身開始划起來。

突然之間所有人都安靜下來，所有人都往下凝視著深綠色的海水，驚恐地看著呵呵歡快地划走了唯一的救生艇。

這句英文怎麼說？

著陸快樂。

Happy landing.

18.

肖恩抓著我的手協助我從繩梯爬回船上。

我的兩條腿抖得幾乎站不住，只能握住欄杆撐住自己。

船尾沉沒的同時，船頭則向上翹起。我們蜷縮在後面，越來越靠近水面。

「我們……我們被困在這艘沉船上了！」肖恩低聲說。

我把一隻手放在他的肩膀上，感覺到他整個身體在顫抖，連牙齒都在打顫。

海水噴濺在我們身上，隨著我們越往下沉，越接近白浪滔天的大海，海浪聲也越來越響亮。海盜船的黑帆在狂風中激烈翻動。

鹽巴麥吉舉起手來引起我們的注意，他說：「不要驚慌，各位。沒理由恐

慌。」

「爲什麼我們不應該驚慌？」胡椒問道，「我認爲我們絕對應該要驚慌。」

海盜船猛然一動，冰冷的海水潑在我們身上。

「也許你是對的。」鹽巴說：「好吧，大家盡量驚慌吧！」

「木筏怎麼樣？」馬德琳插口說道，「難道我們船上沒有救生筏嗎？」

「我們當然有。」鹽巴回答道，「我不應該忘了它！我們有一個木筏在甲板下，我們得救了！」

他衝向樓梯，消失在甲板下面。肖恩和我都用雙手抓住欄杆，船持續往上傾斜時，我們腳上的鞋子在甲板上滑動著。我知道再過不久，我們都會落入大海裡。

「他……他怎麼去了這麼久？」肖恩問道。

鹽巴爬上甲板，他搖搖頭說：「沒有木筏。貨艙裡裝滿了水，但是沒有木筏。什麼都沒有。」

我長長嘆了一口氣。

「好吧……我們可以造一個木筏。」馬德琳走到他身邊說道。「如果有鋸子，

這句英文怎麼說？

不要驚慌。

Don't panic.

就能造一個足夠我們四個人的大木筏。我們可以用甲板來製作。」

「好主意。」他說。

「我不這麼認爲。」胡椒說。

「去工具房裡找一把鋸子。」馬德琳對鹽巴說，「我們沒什麼時間了！」

鹽巴轉身跑過傾斜的甲板。

我走近馬德琳。「這是個好主意。」我說。「妳……妳說的話有道理。」我脫口而出。

她把臉貼近我悄聲說：「我不是眞的瘋，薇歐拉，那都是裝出來的。我這麼做是爲了讓小刀傑克和其他人不會交代我工作，因爲我不想像他們一樣當海盜。這樣比較安全，妳知道的。」

我發現我和肖恩都目瞪口呆地看著她。

都是裝出來的！好吧……她眞是個優秀的演員，她完全騙過了所有人。

海盜船突然傾斜，把我們嚇得大叫。我聽到劈劈啪啪的響聲——甲板上的欄杆斷裂了，玻璃碎了一地，黑色風帆在傾倒的桅杆上更大聲地拍打著。

這句英文怎麼說?

那都是裝出來的。
It's all an act.

鹽巴跑回我們身邊報告情況：「我們沒有鋸子，所以沒辦法建造木筏。」他瞇起眼睛看著馬德琳問：「還有其他想法嗎？」

她還來不及回答，就聽到一個震耳欲聾的巨響——其中一個桅杆翻倒了，風帆直墜入海中，整個桅杆斷裂後消失在海裡。

劈啪聲響……破碎的玻璃……木材斷裂……嘎吱聲……整個甲板突然朝上傾斜，我們腳下一空。

我緊緊抓住肖恩，我們先是飛在半空中，然後落下，直接摔入海中，一路尖叫不止。

19.

尖叫聲在入水那一瞬間被硬生生切斷，我的身體直直沉到水面下，眼睛都還來不及閉上。冰冷的水溫讓我動彈不得，我感覺好像會一直沉下去。

我終於想起我有手臂和雙腳。爲了抵禦寒冷和恐慌，我伸展手臂並開始踢水。我的鞋子在水中變得很沉重，因此只能緩慢艱難地踢水，向上抬頭，雙手伸向海面划去。

我的頭部冒出海面，隨著起伏的波浪上下晃動，我粗喘著氣，胸口快要爆裂開來了。

冰冷的海水讓我全身寒顫不斷，身上吸飽水的沉重衣服拖著我往下，我覺得

這句英文怎麼說？

冰冷的水溫讓我動彈不得。

The icy chill of the water paralyzed me.

自己大概有四百磅那麼重！

鹹鹹的海水灼燒著我的眼睛，我不小心嗆了一口水。我把頭保持在水面上用盡全力划水。「肖恩？肖恩？」我試圖叫喚他的名字，但是卻被浪濤聲蓋過，叫出來的聲音微弱又模糊。

我慌亂地在原處旋轉。「肖恩？」

我沒有看到他，只看到水面上浮著一塊塊船隻的殘骸——大塊的桅杆、黑色風帆，以及下層船艙的盒子、箱子和椅子。

「肖恩？」我的聲音因爲恐懼而破碎。「你在哪兒？」

一陣波浪將我向後拋，我重重地撞上了某個東西。

「嘿！」一個嗓音喊道。

我一轉身就看見弟弟肖恩。他的金髮緊貼著頭，眼裡充滿了恐懼，他拚命踢水，努力對抗把我們推來推去的海浪。

「肖恩，你沒事！」我費力地吐出這句話。

「薇歐拉……」我聽不到他說的話。我知道肖恩不是很會游泳的人，於是我用雙手環抱在他的腰間，試著讓他保持在水面上。

「我們……我們沒辦法支撐太久。」肖恩說。一股浪把我們拋到浮在水面的黑色風帆上，風帆靜靜地緩慢沉沒，我抱住肖恩漂離了它。

我用手指著說：「你看，船不見了，沉到海裡了。其他人在哪裡？馬德琳、鹽巴和胡椒在哪裡？」

肖恩似乎沒有聽到我說話，他整個身體在水面下發著抖。

「我……我們要淹死了。」他喃喃說道。

「不，堅持住，肖恩。繼續踢水，堅持住！」我說。

我試著讓自己聽起來很勇敢，但心裡卻很清楚肖恩是對的，我們沒辦法長時間堅持下去。

一波大浪把我們往前推，我抓緊了肖恩。這時太陽幾乎已經完全西沉，我在幽闇的海水中看見夕陽紅光的漣漪，我們頭頂上的灰色天空中，布滿了厚重的低矮雲層。

我在水中轉身，當我看到馬德琳、鹽巴和胡椒時，忍不住尖叫起來。他們似

這句英文怎麼說？

我們沒辦法支撐太久。

We can't hold on much longer.

乎是漂浮在水面上——坐著朝我們漂來。

我眨了好幾下眼睛，我想我是產生幻覺了⑪，我的恐懼導致我幻想出他們飄浮在波峰上。

然而事情不是這樣的。

他們揮舞雙手向我們大喊大叫，我這才看清楚他們不是浮在水上，而是坐在一塊方形的甲板上。他們最後還是找到木筏了！

鹽巴和胡椒伸出雙手從腋下抓住肖恩。「要不要搭便車？」他喊道。「這裡容得下所有人。」

肖恩手腳並用爬上小木筏，隨後他們把我也拉了上去。

有很長一段時間我們都只是坐在那兒看著其他人。肖恩和我氣喘吁吁，水從我們臉上滾落。太陽幾乎已經完全西沉，氣溫因此變冷了，我的衣服濕透了貼在皮膚上，只能抱著自己瑟瑟發抖。

「快活海痂號沉到海底了。」鹽巴說。「它是一艘好船。」

「不，它不是。」他的另一顆腦袋回答道。「它漏水，然後把我們困在這裡。」

「它當年可是一艘好船。」鹽巴說。

胡椒嘀咕說了什麼，但是風聲和不間斷的海浪聲害我聽不清楚。

「至少我們用甲板做了一個好木筏。」馬德琳說。她把身體往後靠，雙手撐在身後的木板上。「我們甚至不用鋸它，它直接裂成完美的大小。」

「這不重要。」鹽巴搖著頭說道：「看看四周。除了無邊的大海，什麼都沒有。沒有其他船隻，沒有人救我們。」

「我們不能放棄。」我說，「也許……」

「我們會被凍死！」鹽巴說著打了個寒顫。

「不，我們不會。」胡椒插嘴說道：「我們會被餓死！」

「被凍死。」鹽巴堅持道。

「被餓死。」胡椒說。

「被凍死！」

「爭這個對我們沒幫助，」馬德琳說，「我不在乎你們哪一個獲勝，你們這樣沒有幫助。」

這句英文怎麼說?

你們這樣沒有幫助。

You're not being helpful.

兩個腦袋都盯著她看。「怎樣才有幫助?」胡椒問道。

「這個!」馬德琳回答道。她把手伸進裙子上的一個大口袋裡,從中拿出一把銀色的手槍,把它舉在胸前。

「妳打算用它來做什麼?」鹽巴大叫道,像投降一樣高舉著雙手。

「我……我知道妳瘋了,瘋狂馬德琳……」胡椒結結巴巴地說。「可是我不知道妳有那麼瘋!」

「放下它!放下它!」鹽巴喊著,「妳以爲自己在做什麼?」

我屏住呼吸,眼睛直直盯著手槍,肖恩已經退到了木筏的邊緣。

一陣浪把木筏捲起來,帶著我們漂浮了一會兒,然後又重重把我們拋下。

馬德琳對著肖恩和我張嘴大笑,然後轉向鹽巴——他的雙手還舉在半空中。

「這是一把信號槍,」她說,「不是手槍。」

鹽巴和胡椒都鬆了一口氣,這才把手放下來。

「船沉的時候我拿了這個……」馬德琳說:「我要發射信號,它會在這樣灰暗的天色裡炸開亮紅色的火光。如果附近有船,他們就會看到,就能把我們從這個不堅固的木筏上救走。」

鹽巴和胡椒都歡呼起來，「好，去做吧！去做吧！」他們齊聲大喊道。

「會有人看到它的。」我說，試著讓自己的聲音聽起來很勇敢的樣子。「我相信會有人看到！」

「好，要發射囉！」馬德琳把信號槍高舉過頭，直指天空。

她扣下扳機時，扳機發出一聲巨響。

我抬起眼睛，看見亮光在天空中蔓延開來。

但是，什麼事都沒發生……

馬德琳沒有放下信號槍，她再次扣動扳機。

什麼都沒有！

她發出一聲呻吟，把槍放到膝蓋上。「大概受潮了！」她搖搖頭低聲說道。「如果濕了就不能用。」

我們四個人坐在那兒盯著她膝蓋上的信號槍。

最後，鹽巴打破了沉默。「那是我們最後的機會。」他說。

20.

太陽很快就降到地平線之下，天空黑得像包圍我們的海水一樣。

木筏上沒有空間伸展或躺下，我們四個人都蜷縮身體緊挨著坐在一起，每個人都抱著身體取暖。

鹽巴試著伸直腿，結果就是靴子在水中拖行。

馬德琳的腦袋低垂，頭髮遮住了臉，無從判斷她是不是在睡覺。

肖恩把頭靠在我肩上閉眼休息。我的牙齒還在打顫，於是我試著想一些溫暖的東西。我想著陽光下的沙灘，以及一大碗熱氣騰騰的雞湯。

這麼做確實有點幫助。

這句英文怎麼說？

那是我們最後的機會。

That was our last chance.

木筏隨著海浪上下起伏，海洋非常平靜，但是我仍然覺得好像在乘坐永無止盡的雲霄飛車。

我的肚子咕嚕叫了起來，我低下頭閉上眼睛，知道自己根本睡不著。

我心想：「這是我這輩子最糟糕的一夜，不會有比這個更糟糕的了！」

說時遲那時快，我感覺到一陣猛烈的撞擊，好像有什麼東西把木筏頂離開水面。

「啊？」

「那是什麼？」

我們四個人慌張地東張西望，馬上進入警戒狀態。

又一次強烈的碰撞，這次木筏被撞得移位。我緊緊抓住木板，整個身體嚇得僵直。

「鯊……鯊魚……」肖恩嚇到結結巴巴的。

又一次衝撞讓我大聲尖叫。

馬德琳把一隻手按在我肩上說：「讓牠們開心地玩，牠們很快就會游走的。

這句英文怎麼說？

讓牠們開心地玩。

Let them have their fun.

鯊魚永遠不會久留。」

「但要是牠們餓了怎麼辦？」我問道。

「不要把妳的手或腳放在水裡來證實。」鹽巴插話道。

又一次來自木筏之下的撞擊讓我們都尖叫起來。

我被撞得彈了起來，但是肖恩抓住了我的手。

「有人知道海盜的祈禱嗎？」胡椒問道。「我現在想要做海盜的祈禱了。」

「沒有這種東西。」鹽巴說。

「太糟糕了！」胡椒說。「這是祈禱的好時機。」

我緊縮成一團，好像這樣就會安全，我緊張到咬緊牙關，下巴都發痛了。我瞇著眼睛看向漆黑的海面，想看清楚攻擊我們的鯊魚。

但是太暗了，什麼都看不到，暗得連海面跟天空的界線都看不清楚。

我告訴自己不要哭。一方面是因爲太冷了——我可以想像眼淚會在臉頰上凍結成冰。

爲了肖恩，我必須要勇敢。

肖恩緊抓著我的手臂，他低著頭，肩膀一抖一抖的。

「鯊魚走了！」我低聲說，「肖恩，你看到了嗎？牠不再衝撞木筏了。」

他依舊低著頭低聲說：「很好，但是鹽巴和胡椒說得沒錯，我們沒辦法在海上存活下去！」

我本來想說些愉快或樂觀的話，但卻什麼都想不到，所以我只是沉默地輕拍他的手臂。

我們是如何撐過那個可怕的夜晚？

我不知道。我一定是不小心睡著了，因爲當我睜開眼睛時，看見一顆紅色的太陽正爬上粉紫紅色的天空，一束束陽光灑在海面上。

我眨眨眼趕走睡意，手臂和腳都僵硬得不得了，頭髮也亂糟糟地黏在臉上。

我把頭髮撥開，一眼就看到遠處有一艘船。

「嘿！」我嘶啞地大喊，喉嚨因爲剛睡醒的關係還有些沙啞。「嘿！你們看！」

馬德琳抬起頭轉向我指的地方。

這句英文怎麼說？

我們要得救了！

We're going to be saved!

鹽巴和胡椒大聲打鼾把自己吵醒了，他們也盯著船看。

「它有黑色的風帆！」肖恩驚呼道。

「另一艘海盜船！」鹽巴喊道。「來救我們吧！」

「它看到我們了嗎？」胡椒問道。

雙頭水手站了起來，開始朝那艘船大喊大叫、上下跳動。

「別激動！別激動！」馬德琳警告著說。「你會害我們翻船的！」

但是她也跳了起來，對著接近的船瘋狂地揮舞雙手。

那艘大船朝我們破浪而來，黑色的風帆看起來變大了。

「我們要得救了！」我哭了。「眞不敢相信，它要來救我們了！」

當船身在水中躍起時，肖恩和我都歡呼了起來。海盜船加快速度時，白色的浪花從船兩側滾落。

鹽巴和馬德琳仍然站著，用力向船揮手。

「他們看見我們了！」鹽巴喊道：「沒錯！他們看見我們了！」

「不，他們沒有！」胡椒大叫道：「他們沒看見我們！小心！」

胡椒是對的。

我驚恐地大口喘氣，緊緊抱住肖恩。

「他們沒看見我們！他們會直接撞上我們的！」

大家好，我是史賴皮。

我討厭發生那種事情。就是有艘船撞上你，然後你立刻就淹死了。難道你不覺得討厭嗎？

感謝老天爺，故事沒有在這裡就結束，我不認爲這樣的結局會激起任何人的關注。哈哈！

你覺得接下來會發生什麼事？我不知道。當我想到它時，我都覺得快被悶死了，哈哈！

我只有一件事要對薇歐拉和肖恩說——你們應該帶一條毛巾的！

哈哈哈哈！

21.

我們被籠罩在巨大海盜船的陰影裡……

船體躍起時造成一道高大的浪潮，一波頂端充滿泡沫般的白色浪花先是高高躍起，接著向前橫掃而去。

我用雙手抱著肖恩，海浪把我們的小木筏沖翻了，肖恩和我也被拋到空中。我張大嘴巴要尖叫，卻沒有發出聲音來。

我被重重摔向水面，然後沉入寒冷中。因爲嘴巴還張開的關係，我吞了好幾口海水，因此被嗆到了。

我強迫自己浮出水面，一面咳個不停。我抹掉眼睛上的水，拚命搜尋弟弟，

這句英文怎麼說?

我用雙手抱著肖恩。

I held on to Shawn with both hands.

我看到空無一人的木筏被浪捲走。

然後我看到肖恩瘋狂地踢水,海浪把他推來推去。

「肖恩……」我試著呼喚他,但喉嚨裡仍然被鹹鹹的海水堵塞著。

海盜船現在在我們旁邊載浮載沉,我看到有什麼東西從甲板上飛了出來。它在半空中飄了起來,接著落在我們身旁。

那是一面網,一面很大的漁網。網子的開口就在我們面前展開,肖恩和我一頭衝入其中。

幾秒鐘後,我們的旅行夥伴——馬德琳、鹽巴和胡椒——加入了我們,他們掙扎著,急迫地想被拉到安全的地方。

我們被網子撈出水面,互相在網子裡面撞來撞去,大家都哀號、呻吟著。然後用盡全力大口呼吸著新鮮空氣。

「所以,這就是鮪魚的感覺!」我說。

肖恩沒有笑,他正在努力保持趴跪的姿勢。網子高高升起,將我們轉移到甲板上。

我們重重地落在木板上。我側著身體著地，全身上下都痛得不得了，只能穩穩地大口呼吸，等待疼痛消退。

我並不打算抱怨，畢竟我們還活著，而且又回到了船上。

我以為我們很安全。

我不知道的是，我們還沒脫離可怕的麻煩……

這句英文怎麼說？

我並不打算抱怨。
I wasn't about to complain.

22.

黑色的帆在空中擺動，船在平靜的浪潮中輕輕晃盪。水手團團圍住我們，把我們從沉重的漁網拉出來。

我明白用外表來評斷一個人是不對的，但是這些人看起來很兇惡、嚇人又強悍。他們都留著長鬍子，還有一頭亂髮，手臂上有著船錨和美人魚刺青，身上的制服又髒又舊。

他們邊吐口水邊咒罵著把我們從網裡拖出來，並且讓我們靠著船艙排成一排。一個身材高大的紅髮海盜抓著肖恩的頭髮，把他推到隊伍裡。

有三、四個水手繞著鹽巴和胡椒轉，他們笑著用手推他的兩顆腦袋。「嘿，

夥計，你長得很漂亮，對吧？」

「哈哈！誰說兩顆腦袋比一顆好？這傢伙如果沒有腦袋會好看很多。」

「也許比利船長會幫幫這傢伙，把它們都砍掉！」

「我的行李在哪裡？」馬德琳質問道。「你把它送到我的頭等艙了嗎？」

我明白她又恢復裝瘋賣傻的表演了。

「謝謝你們救了我們。」我用尖細的聲音說道。

「妳最好省省你們的感謝！」紅髮海盜陰沉著臉說。「比利．巴臀船長對你們另有規劃，我猜你們不會喜歡的。」

我聽到沉重的腳步聲。所有人都轉過身去，只見一個高大的男人向我們走來。他穿著一件袖子皺皺的亮黃色襯衫，外罩一件長到膝蓋的紫色夾克，連褲子都是紫色的。

這個男人的黑髮又長又亮，在頭頂中分後垂落在肩膀上。他的眼睛圓圓黑黑的，鼻子下面有兩撇如鋼絲般粗的八字鬍，兩邊鬍子的尾端都捲翹著。

他的臉很胖，像籃球一樣圓，身體幾乎和身高一樣寬，讓我聯想到有一顆頭

這句英文怎麼說？

我聽到沉重的腳步聲。

I heard heavy footsteps.

的紫色南瓜。

他長得實在太奇怪了，我差一點笑出來，但是當我發覺他的手下都安靜下來並立正站好，我決定不動聲色，看得出來他們很畏懼這個男人。

「哎呀！」他裝模作樣地捏著嗓子說話。「看看這是什麼？什麼醜陋的海藻從水底下被沖上來了？」他搓著一雙圓胖的手。

「我們的船沉沒了，船長。」鹽巴回答道。「快活海痂號昨天沉了。你應該聽說過我們的船，對吧？」

「沒有！」船長尖聲說道。「從來沒聽說，也從來不想。」他扯著鬍鬚的末端。

我撥開濕透的頭髮說，「謝謝你拯救了我們，船長。」

他轉過身來研究了我很長一段時間。「先別感謝我，年輕的小姐。我還沒有決定你們這些海懶蟲是不是值得被留下，也許我不得不把你們再扔回去。」他大笑起來。

「歡迎來到我的船——黏糊糊海蟲號。我是比利・巴臀船長，也被稱爲南海面皰。你們知道爲什麼我被稱爲南海面皰嗎？」

沒有人說話。我們都瞪著他看，最後是馬德琳打破沉默說：「因爲大家喜歡擠你？」

他瞇著眼睛看著她。「妳瘋了嗎？」

她點點頭說：「大家都是這麼說的，你覺得呢？」

比利・巴臀的圓臉變得跟衣服一樣的紫色，他看著在甲板上待命的手下說：

「我已經決定怎麼處理這些海懶蟲了。」

我的心漏跳了一拍。他眞的會把我們扔回海裡嗎？

比利船長再次搓了搓自己胖乎乎的手說：「我要把他們帶到下一座島上，把他們關在那裡。」

肖恩和我都倒吸了一口氣。

「可是……可是……」我急得說不出話來。

他舉起手示意我閉嘴。「比利・巴臀船長已經下定決心，你們要去香蕉園工作。你們會喜歡的，有這麼多香蕉可以吃！哈哈哈！」

他向我走近，黑色的眼睛透出一股瘋狂。「還是要感謝我嗎？」

這句英文怎麼說？

我的心跳漏了一拍。

My heart skipped a beat.

「你……你不能這麼做！」我脫口而出。

他又笑了。「我是南海面炮，我可以做任何我高興的事。」他指示手下說：「把他們帶下去。」

但是隨即又停了下來。他盯著鹽巴和胡椒，好像才剛看到他們似的。巴臀摸著自己胖胖的臉頰對雙頭水手說：「嘿，我認識你嗎？我是不是在哪裡見過你？」

鹽巴和胡椒都點點頭。

「是的，比利船長！」鹽巴說：「我們曾經一起出海，在酸矮牽牛號上，記得嗎？」

巴臀想了想說：「噢，對，我們是夥伴。我現在想起來了！」

「謝謝你救了我們。」胡椒說。「既然我們是夥伴，而且一起航行過，我想你應該會改變主意，放我們走。」

巴臀摸摸自己的下巴說：「我剛剛想起來，我不喜歡你。我那時候不喜歡你，我現在也不喜歡你。事實上，我討厭你們兩個！」

「可是我變了很多！」鹽巴喊道：「也許你現在會喜歡我，也許我們會是永遠的好朋友。」

「我不這麼認為……」巴臀說。

他轉向那個紅髮水手說：「史密堤，把座標設為那個島，然後把這些囚犯關起來。」

23.

「我喜歡熟透的香蕉。」馬德琳說。

鹽巴和胡椒都瞪著她。「香蕉不是長在樹上的嗎？」鹽巴問道：「這表示我們必須爬到樹上去摘它們，可是我怕高。」

「我怕深。」胡椒說：「我寧願爬香蕉樹也不要下到海底。」

肖恩和我一致咕噥地同意。

「我討厭香蕉！」我說，「它們太黏了，每次都卡在我的上顎。」

「妳應該試著咀嚼它們。」馬德琳說。

我們被鎖在船底一個又黑又臭的小屋裡。我們談論香蕉只是因爲心裡想到的

這句英文怎麼說？

我怕高。

I'm afraid of height.

東西太令人害怕。

但是我無法不讓思緒飄到那裡……

我會變成奇怪島嶼上的香蕉工人……肖恩和我永遠回不了家，再也見不到我們的父母了……

談論香蕉要比談論我們眞正恐懼的事來得容易。

紅髮水手史密堤拿著一個裝了碗的托盤時，我們都嚇了一跳。

「自己來。」他說，「船長讓我送晚餐給你們。」

我盯著碗裡的黃色糊狀物問：「這是什麼？」

「香蕉布丁。」史密堤大笑回答道。「比利．巴臀船長的幽默感棒透了！」

「哦～眞是太棒了！」我嘟囔道。

第二天早上，肖恩和我被船的激烈碰撞弄醒了，船艙地板似乎都彈了起來，我好不容易站穩，船恢復平穩後，我才驚覺我們靠岸了。

不久之後，斯密堤出現在下面的船艙，他和其他海盜把我們帶上甲板。因爲長久沒有走動，我的膝蓋發痛，兩隻腳也很僵硬。

這句英文怎麼說?

比利．巴臀船長的幽默感棒透了！

Captain Billy Bottoms has an awesome sense of humor.

當我們走到室外，我抬起眼睛望著天空，天空是純藍色的，明亮的黃太陽已經高掛空中。我深呼吸了幾次，讓肺充滿新鮮的海風感覺真好。

「這個島叫什麼？」鹽巴問史密堤。

史密堤對他咧嘴一笑說：「它叫作『你的新家』。」

船在碼頭上輕緩地隨波搖擺。肖恩從甲板看出去，用手指著說：「妳可以看到好幾英里以外的香蕉樹！」

我跟著他的視線看過去，碼頭後面有一個狹窄的沙灘，有幾個穿白襯衫和短褲的男人，他們戴著寬大的白帽子，都正盯著海盜船看。他們附近有一排運貨馬車，車上是堆得又滿又高的香蕉。

「我可以來一客香蕉船。」馬德琳說。

比利．巴臀船長突然出現，他快步向我們走來，紅潤的圓臉上露出一絲笑容，油亮的黑髮在陽光下閃閃發光，彷彿他著火了。

「早上好，果園工人。」他用尖銳的聲音說道：「你們的新家離這裡不遠。」

「我們可以談談這件事嗎？」鹽巴問道，「既然我們是老夥伴……」

「你會是個問題！」巴臀沉著臉對鹽巴說，「我對雙頭工人的需求不大，何況還要吃兩倍的食物。」

「我是一名優秀的水手，船長。」鹽巴不放棄地說道。「我可以加入你的船員，就像舊時光。」

「我討厭舊時光！」巴臀喊道：「我也討厭你！」他拍了拍甲板的一側說：「說夠了。史密堤，把他們帶去新老闆那兒。」

史密堤敬禮後，示意我們跟著他走下跳板到碼頭上。

「不要踩到香蕉皮滑倒了！」巴臀喊道，然後大笑起來，笑到滿臉通紅，笑到流眼淚。

我們跟著史密堤到了島上，馬上就要在香蕉園展開新生活。

換句話說，我們注定完蛋了。

有人把手放在我肩上，我轉身發現馬德琳俯身靠了過來。她對肖恩做了個手勢。「聽著，你們兩個……」她低聲說道：「我說香蕉船[12]可不是在開玩笑。」

我眨了眨眼睛。「啊？妳是什麼意思？」

這句英文怎麼說？

不要踩到香蕉皮滑倒了！

Don't slip on any banana peels!

24.

「等我發出信號，我們就分散開來！」馬德琳表示。

「妳是指逃跑？」肖恩問道。

她點點頭說：「躲在香蕉車下面，然後跑到那一邊的田裡。」

我的心臟在胸腔裡怦怦作響。「好！」我輕聲說，「信號是什麼？」

「嘿——不准說話！」史密堤大喊。

他走到我們中間，眼睛憤怒地在馬德琳和我之間游移。接著伸出兩隻手抓住我們的肩膀問：「妳們剛才在說什麼？」

「說你穿著那件水手服看起來很帥！」馬德琳回答道。

他瞇著眼睛看著她問：「妳這麼覺得？我六個月前才清洗過，這就是爲什麼它看起來這麼好看。」接著他又笑著補充說：「妳會喜歡摘香蕉的。」

「我寧願挖鼻屎。」馬德琳說，接著仰頭大笑起來。

果園主人聽到馬德琳奇怪的笑聲而看著我們。

「她瘋了嗎？」其中一人問道。

「誰？瘋狂馬德琳？」史密堤問道：「她當然沒瘋，她只是心情好，因爲她非常喜歡香蕉。」

「香蕉船。」馬德琳低聲說。她推了肖恩和我一把，於是我們拔腿就跑。我們沿著沙灘跑向馬路上的運貨馬車，我們的鞋子在沙地上發出悶響。我回頭看了一眼鹽巴和胡椒，他們正大步跟著我們。

「他們逃走了！」一名水手在我們身後大喊道。

「阻止他們！抓住他們！」

史密堤和其他水手緊跟在後。果園主人也追了過來，他們大喊大叫揮舞著手臂。

這句英文怎麼說?

他們逃走了！
IThey're getting away!

我意識到他們跑很快，我們永遠逃不了！我們可以跑到哪兒呢？

馬德琳低下頭潛入一輛裝滿香蕉的馬車下。肖恩、我以及鹽巴和胡椒也跟著躲在車下，然後爬到另一邊。

一條狹窄的泥土路從海灘這頭一路延伸出去，那些馬車就沿著路排成一排，拉車的馬兒全都低著頭靜止不動，沒有遮蔽的車斗裡擺滿了香蕉。香蕉田從這條路的這一側開始，似乎無止盡地向外伸展數十英里。

追趕的叫喊聲越來越大，我可以聽到他們的腳步聲從馬車另一側傳來。

我們奔跑的同時，我大口喘著氣。

「我們能跑去哪裡？」我大聲問在我們前方幾英尺的馬德琳。「如果我們跑到果園裡，他們會抓到我們，沿著馬路跑也會被抓到。」

馬德琳指著一輛馬車後面說：「也許我們可以躲起來。」

藏在香蕉堆裡？看起來沒有道理，但是我們沒有時間討論了。

馬德琳迅速爬上一輛馬車後面，我推了肖恩一把幫他爬上去，隨後自己也爬了上去，鹽巴和胡椒緊接在我們之後衝了進來。

「躲在香蕉下面！」馬德琳氣喘吁吁地說。「快！這是我們唯一的機會。」

我們四個人開始手忙腳亂地抬起一堆香蕉串，試圖滑進下面的空間。

我看到馬德琳、鹽巴和胡椒消失在一片綠色水果的毯子下。

肖恩因爲沉重的香蕉串遇到了麻煩，我轉身把一串香蕉甩在他胸口上。耳邊傳來追兵奔跑在泥土路上的腳步聲，他們越來越近了。

沒時間了！

已經來不及了……

我用另一串香蕉蓋在肖恩臉上，自己則是躺下後拚命把香蕉拉到身上覆蓋。

剛摘下的香蕉的甜美香味侵入了我的鼻腔，讓我一陣反胃。那種味道讓我想吐，只好屏住呼吸讓胃舒服點。

我聽到水手們的叫喊聲，他們一定是在離我們很近的地方。

我盡可能壓低身體，讓自己平貼在馬車上。我什麼都看不到，就連一絲光線也沒有。

我希望自己有被香蕉完全遮住，但是沒辦法確定。

肖恩也有被好好遮住嗎？我看不見他，只聽得到他的喘氣聲就在身邊很近的地方。

我屏住呼吸，儘管身上開始發癢，還是努力保持靜止不動。

突然，一隻強而有力的手抓住了我的腿。

這句英文怎麼說？

那種味道讓我想吐。

The aroma was making me sick.

25.

我被抓到了嗎？

我張開嘴要尖叫，卻沒有發出聲音。

我花了幾秒鐘才明白那是肖恩的手，可憐的傢伙怕得緊緊抱住我的腿。

在如雷的心跳聲中，我聽到馬車外有聲音。

「他們去哪兒了？」一名男子就在不遠處大聲問道。

「在果園裡？」

「他們跑回碼頭了嗎？」

「他們沒辦法回到船上的，巴臀讓手下守在瞭望臺搜尋他們。」

這句英文怎麼說？

繼續找！

Keep searching!

「他們沒有走遠，繼續找！」

我躺在沉重的香蕉下，平貼在馬車木板上聽著他們走遠。到了這個時候，我的皮膚已經癢得受不了，但還是強迫自己不要動。

追兵經過馬車時可以聽到他們踩在沙地上的腳步聲，最終他們的聲音漸漸微弱，然而我還是因爲害怕而不敢移動。會不會有人在附近徘徊？

我聆聽、等待著，突然，我感覺到某個溫暖的東西在脖子後面爬行，像輕微的針刺，皮膚有微微的刺痛感。

接著，我感覺到頭髮上也有——有堅硬針刺的腳在我頭上快速移動。

蟲子？香蕉裡有蟲？

我再也忍不住了。我猛然抬頭把香蕉串推到一旁。我用手摸脖子後面，把某個柔軟有細毛的東西抓在手裡。

我把它拿到面前，然後開始尖叫。

「狼蛛！」

我感覺到一隻狼蛛爬上右腿的輕微刺痛感。我瘋狂地拍打頭髮——一隻狼蛛掉了出來，牠用細長的腿快速爬進香蕉串底下。

有人看到我坐起來嗎？有人聽到我的尖叫聲嗎？

我把一大堆香蕉從腿上推開環顧四周。從藏身處，我能看見他們深入果園裡，在香蕉樹叢間搜尋我們。

肖恩坐了起來，他驚恐地睜大眼睛，緊張地喘了幾口氣，汗水從他臉上流下。

我伸出手撥掉他衣服前面的一隻狼蛛。牠緊緊依附在他的衣服上不想離開，但是我把牠揮開扔到馬車木板上。

鹽巴和胡椒將香蕉推開。

「除非餓了，否則牠們不會咬人。」鹽巴說。

「不，牠們會的。」胡椒爭辯道。

馬德琳的頭從一堆香蕉中冒出來說：「我……我討厭狼蛛。我……我……噁！」她像狗狗甩掉身上的水一樣甩動整個身體。

我的皮膚又癢又痛。

「我們必須離開這裡。」我說。「看！」我用手指著。

這句英文怎麼說？

我的皮膚又癢又痛。

My skin itched and tingled.

剛剛經過的那些人都掉過頭來，正在往回跑。

「我們能去哪裡呢？」肖恩問道：「我們……我們被困在這裡了。」

在任何人能夠回話之前，馬車突然動了一下——先是猛然往後移，接著向前衝。這導致我撞上了肖恩，兩人一起跌到馬車後面。

香蕉串跟我們一起被震到顛了起來，狼蛛從香蕉下掉了下來，疾速跑過馬車木板。

「哇嗚——等等！我們正在移動！」我大叫道。馬兒大聲嘶鳴，拉著馬車駛往泥土路中央。

馬車開始在路上顛簸前行並逐漸加快速度。

我轉向肖恩，驚恐得睜大眼睛大聲問：「它……它要把我們帶去哪兒？」

26.

當馬車沿著泥土路加速時，我們四個人在馬車後面顛得暈頭轉向。每次馬車撞上什麼都會讓我們彈起來。肖恩和我用雙手抓住香蕉串來穩住自己，以防我們被彈飛出去。

馬車沿著彎路進入香蕉園中央，兩旁粗大的綠色香蕉，隨著我們駛過拍打在馬車兩側。

「我認爲我們應該要跳車。」鹽巴在馬車的轟鳴聲中喊道。

「不，我們不應該。」胡椒說。

「如果我們留在車裡，就會被抓住。」鹽巴警告說。

這句英文怎麼說？

我認為我們應該要跳車。

I think we should jump out.

「如果我們跳車，就會摔斷脖子。」他的另一顆腦袋堅持道。

他們還在爭論不休時馬車猛然急停，我們四個人都被甩到旁邊去。我背上傳來一陣刺痛，肖恩則掙扎著要站起來。

我看了看四周，原來我們停在一個小村莊。

我看到一排白色小屋，一輛缺了一個輪子的舊馬車停在一家小商店前面，兩個吃著爆米花的孩子探身進入一家商店。

「快，移動！」鹽巴喊道。「我們要離開這裡！」

他從馬車後面跳出去，一邊從肩膀上撥掉一隻狼蛛，轉身跑向小商店。

肖恩和我協助馬德琳下了馬車，然後也開始跑了起來。我們聽到駕車的人在我們身後大喊：「站住！嘿——站住，你們！」但是我們既沒有回頭也沒有停下腳步。

我們緊跟著鹽巴和胡椒沿著小店側面走到後面，我的心臟怦怦直跳。我聽到店裡傳來柔和的古典音樂聲，正是我父母喜歡的那種。

鹽巴和胡椒停下來和兩個年紀跟我相仿的女孩說話。

她們坐在欄杆上，手裡拿著書。

我停下腳步看著她們。她們都是金髮碧眼，身材高大，穿著長裙和荷葉邊白襯衫。

肖恩、馬德琳和我走到鹽巴身邊。女孩們用手遮住陽光仔細打量著我們。「你們是從哪裡來的？」其中一人問道。

「說來話長……」我說。「我們在哪兒？」

她們都大笑起來。「妳不知道自己在哪裡？」

「我們被綁架了。」肖恩說。

女孩們笑了起來。「你爲什麼看起來這麼害怕？你惹麻煩了嗎？有人在追你們嗎？我們不想被捲進麻煩事裡。」她們急忙跳下欄杆就要離開。

「不，拜託……」鹽巴在她們身後大聲叫喚。「告訴我們這是什麼島！」

「這是香蕉島嗎？」胡椒問道。

女孩們再次大笑。「香蕉島？不可能！」

「是合理的猜測呀！」胡椒說。

這句英文怎麼說?

你為什麼看起來這麼害怕?
Why do you look so frightened?

「這不是香蕉島。」其中一人說。「是蛤蜊島。」

「啊?」我大吃一驚,其他人的反應也差不多。「蛤蜊島?但是到處都是香蕉。爲什麼叫作蛤蜊島?」

「因爲島的形狀就像蛤蜊殼。」一位女孩說。

「蛤蜊島!」我驚呼道。「剛好是我們要去的地方!」

「那麼,你們到了,祝你們好運。」其中一人說,接著她們匆匆離開,消失在小店的轉角處。

鹽巴和胡椒拍了一下額頭。

「你能相信嗎?比利船長就這麼準,把我們送到我們應該去的地方。」鹽巴說,「也太幸運了!」

「還有更好運的。」胡椒說,「看。你們不會相信的!」他指著一片低矮的灌木叢。

棲息在灌木叢頂端樹枝的,正是一隻黃色的金絲雀。

我倒抽了一口氣。

這是不可能的。我們眞的有這麼幸運？如果我們把金絲雀還給小刀傑克，吉姆叔叔就可以脫險，海盜們也都會回到他們的盒子裡。我們的生活就可能恢復正常。

我幾乎快克制不住興奮感。

「傑……傑克船長的金絲雀長什麼樣子？」我低聲說。

「牠的額頭上有一個小點。」鹽巴低聲回答道。「這就是爲什麼牠被叫作皮普船長[13]。」

我們躡手躡腳地靠近灌木叢，我大氣都不敢喘一口。我們會嚇跑牠嗎？

「什麼樣子的點？」肖恩低聲說。

我聳聳肩說：「我不知道！」

「看見牠額頭上的那個嗎？」胡椒說。「就是那個點。就是牠，好吧。」

馬德琳和鹽巴待在原地不動，目光鎖定在金絲雀上。我上前走近一步……又一步……

我這輩子從來沒有動作這麼快過——我突然伸出手輕輕抓住金絲雀，把牠握

這句英文怎麼說？

我幾乎快克制不住興奮感。
I was nearly bursting with excitement.

在手掌中。

「抓到了！」我大叫。「看！我抓到皮普船長了！」

我轉過身舉起手給其他人看。

皮普吱吱叫了一聲，然後從我手中飛走。

我們四個人沉默地看著金絲雀飛出我們的視線之外。

27.

「我真不敢相信！」我大叫！「我抓到牠了！我真的抓到牠了！」我握緊拳頭憤怒地空揮。

「我就知道沒有這麼好的事。」肖恩說。

馬德琳走向我們，她說：「別擔心，你們等著看。」

她在沙地上坐下，雙臂抱胸，然後抬頭仰望天空，開始模擬嘹亮的鳥鳴發出「吱，吱，吱」的叫聲。

我們其餘人都目瞪口呆低頭看著她。

「吱，吱，吱吱，吱吱，啾啾。」

這句英文怎麼說？

我就知道沒有這麼好的事。
I guess it was too good to be true.

「我覺得她又瘋了！」肖恩對我說道。

「我聽到了。」馬德琳說。「我沒瘋，不然你認爲要怎麼讓金絲雀回來？當然是藉由金絲雀的叫聲。」

她轉過身，又開始啾啾吱吱叫。

肖恩和我互相看了一眼。她眞的知道如何召喚金絲雀？

我們沒有等很久就得到了答案。金絲雀出現時，馬德琳還在啾啾叫個沒完。金絲雀在她頭上飛舞了幾秒鐘，接著直接降落到她張開的手上。

「皮普船長，我們抓到你了！」她高興地喊道，我們其他人也歡呼起來。馬德琳小心翼翼地把鳥捧在手裡。

我們抵達了蛤蜊島，沒有費很大勁兒就捕獲了傑克船長的金絲雀。我們都同意一件事，那就是我們非常幸運。

可是，我們的運氣會持續嗎？

答案絕對是肯定的。我們在村子裡的商店找到一個木頭小鳥籠，可以用來關住皮普船長。眞好運！

接著，我們穿過香蕉園走回海邊。當我們到達碼頭時，比利．巴臀船長的海盜船仍然停在那裡。非常好運！

我們偷偷上了船，很快就發現這艘船是空的，因爲比利船長和他的手下都在蛤蜊島搜尋我們，於是我們四個人拉起錨起航。非常非常幸運！

鹽巴和胡椒在船長的艙房裡找到一張地圖，我們靠著它一路駛過平靜的海洋，回到吉姆叔叔所在的城鎮海膽灣。

好運，好運，更多的好運！

等我們在吉姆叔叔家門前的碼頭下船時，簡直高興得不得了。事實上，肖恩和我因爲太過開心而在沙灘上手舞足蹈及大吼大叫。

我從來沒有這麼開心或興奮，我知道肖恩也有同感。

當然，當我們將裝著皮普船長的籠子帶到岸邊的灰色房子時，我們明白，我們還是必須面對小刀傑克……

那就是我們好運耗盡的時候。

當我們四個人衝進屋裡時，他正在前廳等候。我們都很興奮，全都同時說起

這句英文怎麼說?

那就是我們好運耗盡的時候。
That's when our luck went out.

話來。

我看見瑟蕾絲特坐在牆邊，她驚訝地張大了綠色的眼睛。其他的海盜也都在場，他們空蕩蕩的驚嚇音樂盒仍然散落在地板上。

傑克船長舉起鉤子示意我們閉嘴。他瞥了一眼鳥籠說：「好吧，看來你們都平安回來了。你們給我帶了什麼？」

「在這裡，傑克船長！」我邊說邊把籠子遞給他。「我們按照你的要求帶回了你的金絲雀。」

傑克用他正常的那隻手接過籠子，然後把它舉到面前。他把它拿得很近，並且仔細研究了那隻鳥很久。

接著他轉向我。

「抱歉，那不是皮普船長！」他吼道。

28.

我喘息著，沉重的恐懼感籠罩著我，我的膝蓋無力。

「哦——不，哦——不！」我呢喃道。

「妳失敗了！」傑克說著放下鳥籠。「皮普船長額頭上有一個小點，這隻金絲雀沒有那一點。」

「但是……但是……」我氣急敗壞地指著籠子解釋道：「金絲雀頭上的那個是什麼？」

「那是一個小點。」傑克回答道，「但長得不對！」

牆邊的瑟蕾絲特抬起了頭。「太可惜了！」她用沙啞的貓聲低聲說道。

這句英文怎麼說？

太可惜了。

Too bad.

我看到肖恩的肩膀上下起伏——他快哭了。馬德琳低下頭盯著地板，鹽巴和胡椒也都沉默不語。

「錯誤的金絲雀。」傑克重複道。「不過沒關係，這隻金絲雀會很不錯。」

他又把籠子舉到面前說：「漂亮的小鳥，漂亮的小鳥。」

「啊？你剛剛說什麼？」我大聲問。「你會收下這隻金絲雀？」

「當然！」他聳了聳肩。「金絲雀就是金絲雀，誰在乎是哪一隻？」他把手指伸進籠子裡搔了搔鳥兒的喙。

我高興得想跳起來，弟弟臉上也露出大大的笑容。

「好耶！」肖恩和我都爆出歡呼聲。

「這是不是表示你會遵守諾言？」我問道。「你會把吉姆叔叔還給我們嗎？還有，所有海盜都會回到你們的驚嚇音樂盒裡去？」

傑克船長放下鳥籠，他從地板上拿起一個方形盒子來轉動曲柄。

肖恩和我看著吉姆叔叔從盒子裡跳出來——叔叔的小手在身邊彈動，嘴巴張開，臉則固定在震驚的表情。

「如果妳問我的話，海軍上將老吉姆看起來很好，就是他該有的樣子。我想我要把他留在盒子裡。」傑克粗聲粗氣說道。

說完他仰頭大笑起來，笑聲聽起來就像喉嚨裡充滿了碎石子。

「可是你答應的！」肖恩喊道，「你承諾如果我們把金絲雀帶給你……」

傑克用一隻手抱著瑟蕾絲特。「我知道自己答應過什麼，小傢伙。」他說。

「但那可是海盜的承諾。你知道海盜的承諾值什麼嗎？」

「什麼？」肖恩說。

「沒什麼……」傑克告訴他，「一毛不值。我許了一個海盜的承諾，而像我這樣的好海盜，永遠不會遵守承諾！」他又大笑了起來。

「多麼令人難過。」瑟蕾絲特從傑克的臂彎裡抬起頭來說道。

我長長嘆了一口氣。

到頭來，我們那次可怕的旅行全是徒勞無功。

「告訴妳我會怎麼做。」傑克說，臉上帶著笑意。「我會把妳和妳弟弟變成驚嚇音樂盒，這樣妳就可以加入妳叔叔了！這筆交易怎麼樣？」

這句英文怎麼說？

一毛不值。

It's worthless.

傑克又笑了起來，其他的海盜也加入一起大笑。

他開始在肖恩和我面前慢慢轉動他的鉤子，然後整個房間開始旋轉。

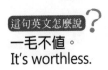

29.

我凝視著面前旋轉的鉤子，它劃著小圈越轉越快……我沒辦法移開視線，身體也開始感覺怪怪的，就好像它開始縮小了，而我無法阻止它發生。肖恩和我很快也會被困在盒子裡。

接著，突然之間，鉤子停止移動。

我又能重新看清楚房間了。我眨眨眼讓自己清醒，然後我看見傑克和所有海盜都目瞪口呆地看著牆壁。

肖恩和我隨著他們的目光轉身。當我看到一隻手從外面戳進牆裡來，我忍不住大叫出聲。那是一隻瘦骨嶙峋的手，包裹在破爛的襯衫袖子裡。

這句英文怎麼說？

我沒辦法移開視線。

I couldn't take my eyes off it.

「怎麼回事！」我低聲說。

那隻手臂完全穿過牆壁，再來是肩膀，然後是一個男人的胸部。所有人都因爲震驚而啞口無聲地看著一個男人穿越進到房間來。

然而那不是一個眞正的人，不是有實體的人。他似乎是由煙霧組成的，因爲我竟然能夠看透他！

他停在牆壁前環顧著房間。他的襯衫和褲子破舊不堪，幾乎變成了碎布條，眼睛一眨也不眨地睜得大大的，純白色的眼睛就像蛋殼，鬍子糾纏打結成一團，稀疏的長髮垂在臉頰邊。

我意識到我在不知不覺間屏住了呼吸。那個男人向前邁了一步，我看見他額頭上有些地方沒有皮膚，露出底下灰色的頭骨。

他從頭到腳都濕淋淋的，水從衣服滴落到地上。他慢慢地舉起一根消瘦的手指指著傑克船長。

「你……你是誰？」傑克緊緊抱住懷裡的瑟蕾絲特質問道。

那個男人花了很長時間才回答，他的嘴巴上下移動，然而一開始卻沒有發出聲音來，反而是有水從他的舌頭滴下來。

「我是丹尼．魯賓斯，」他最終說道。他的聲音聽起來像樹葉的劈啪聲，一種可怕的低語。

「我是丹尼．魯賓斯。在海上三百天，從未成功上岸，但是我終於到這裡了！終於來了。」

瑟蕾絲特的眼睛睜得大大的，她歪著頭突然警覺起來。

「把我的貓給我！」幽靈喊道，搖著消瘦的手指指著傑克船長。「把我的貓給我，否則我會把你們所有人一起帶到墳墓裡！」

傑克船長嚇得眼睛都要掉出來了，他把瑟蕾絲特往地上一扔。當他用鉤子指著幽靈時，全身都在發抖。「你……你是鬼嗎？」

幽靈點點頭，更多的水從他的嘴裡流出來。

「我是丹尼．魯賓斯的鬼魂，我來找我的貓。」

傑克船長瞬間臉色發白。他頹然垂下肩膀，身體開始往下倒。

「我……我怕鬼！」他低聲說：「而且我怕墳墓！」

就在這個時候，整個房間突然亂哄哄起來——海盜們開始大喊大叫往後退。傑克船長嚇得後退了幾步，還忘了閉上嘴巴。他被一個盒子絆了一跤摔倒在地上。

海盜們的尖叫聲迴盪在低矮的天花板上，我驚訝地看著傑克和海盜們從地板上抓起盒子，在極度恐慌的狀態下，他們開始縮小。

事情全發生在幾秒鐘之內。

肖恩和我楞楞地看著小海盜們跳回他們的驚嚇音樂盒裡，並且用力地關上蓋子……

房間突然安靜下來。

我把手按在臉頰上，難以置信地看著這一切。

海盜們走了！只有一個箱子孤伶伶地靠在後面的牆邊。

突然，箱子打開了，傀儡大小的吉姆叔叔彈了出來。

「哦，哇嗚！」我大叫。

吉姆叔叔迅速變大直到恢復正常的體型。他眨了幾下眼睛又搖了搖頭，還有

這句英文怎麼說？

我終於到這裡了。

I'm here at last.

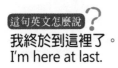

些茫然，然後他快步向我們走來。

接著我們三個人看著瑟蕾絲特跳進幽靈的懷抱。

「再見，謝謝！」她用沙啞的嗓音喊道。

丹尼・魯賓斯的鬼魂消失在牆裡，跟著貓一起不見了。

這一切都太誇張，太可怕，太瘋狂了！

我努力試著讓呼吸平緩下來。

「好吧，眞是忙碌的一天。」吉姆叔叔說。他仔細打量著肖恩和我。

「你們兩個小朋友還好嗎？對不起，我沒有早點來查看。不知道時間都耗到哪裡去了！希望你們不會覺得無聊。」

我是史賴皮。

如果你問我的意見，吉姆叔叔似乎有點搞不清楚狀況。他之前都住在哪兒呀？盒子裡嗎？哈哈哈！

你知道，作爲一個驚嚇音樂盒最棒的事是什麼嗎？那就是一年四季都是春天！哈哈。聽得懂嗎？

這是史賴皮的小笑話之一。

小刀傑克和我有很多共通點。首先，我們都喜歡金絲雀，只不過我喜歡煮熟的金絲雀，放在飯上一起吃！哈哈哈！

好吧，別擔心，奴隸們。我很快就會回到另一個毛骨悚然的故事裡。

記住，這是史賴皮世界。

你在這裡只能驚聲尖叫！

這句英文怎麼說

中英對照表

我能聞到海的味道。
I can smell the ocean.

肖恩非常聽話。
Shawn is very obedient.

吉姆有點散漫。
Jim is absent-minded.

她有一副沙啞的菸嗓。
She had a smoky, hoarse voice.

他似乎在沉思些什麼。
He appeared lost in thought.

你是在跟蹤我們嗎？
Are you following us?

我聽到有人在呻吟。
I heard someone groan.

原諒她有輕微的口齒不清。
Forgive her slight lisp.

鬼魂很少在白天出現。
The ghost seldom comes out in the daytime.

他是認真的嗎？
Was he serious?

來點水手葛羅，可以讓你神清氣爽。
Some sailors' grog will refresh you.

肖恩和我倒抽一口氣。
Shawn and I both gasped.

丹尼沒能成功。
Danny didn't make it.

肖恩嚥了嚥口水。
Shawn swallowed.

這句英文怎麼說

中英對照表

好嚴厲。
That's tough.

我喜歡收藏紀念品。
I like a lot of souvenirs.

這是贗品。
It's counterfeit.

那天晚上我很難入睡。
I had trouble getting to sleep that night.

我把臉深深埋入枕頭。
I pushed my head deep into the pillow.

它有嚼勁又美味。
It was chewy and delicious.

如果妳變胖就永遠當不成明星了。
You'll never be a star if you get fat.

噢，噁心！
Ohh, gross!

這就是被禁止進入的房間？
This is the forbidden room?

我聳了聳肩。
I shrugged.

我們惹上了大麻煩。
We're in major trouble.

妳還在等什麼？
What are you waiting for?

隨著肖恩轉動曲柄，音樂開始播放。
As Shawn turned the crank, music started to play.

我不明白。
I don't get it.

這句英文怎麼說

中英對照表

這行得通。

It's working.

真是場可怕的爆炸。

That was a horrible explosion.

它卡住了。

It's stuck.

怎麼會這樣？

How could this be?

他的水手服很寬鬆。

His sailor suit was baggy.

她緊閉著嘴，發出粗魯的聲音。

She put her lips together and made a rude sound.

我別無選擇。

I have no choice.

這是一場公平的交易。

It's a fair trade.

阻止他們，你們這些笨手笨腳的傢伙！

Stop them, you lugs!

無處可逃。

Nowhere to run.

仔細聽好了。

Listen carefully.

海盜圍住我們。

The pirate circled us.

肖恩和我交換了一下眼神。

Shawn and I exchanged glances.

我會過敏。

I'm allergic.

這句英文怎麼說

中英對照表

- 我們加快了速度。
  We picked up speed.
- 為什麼你總是跟我爭辯？
  Why do you always argue with me?
- 我眨了眨眼睛。
  I blinked.
- 這都是你的錯。
  It's all your fault.
- 我可以試試看。
  I can try.
- 我們走在正確的路線上。
  We were on the right course.
- 發生了什麼事？。
  What happened?
- 跟我來！
  Follow me!
- 著陸快樂。
  Happy landing.
- 不要驚慌。
  Don't panic.
- 那都是裝出來的。
  It's all an act.
- 冰冷的水溫讓我動彈不得。
  The icy chill of the water paralyzed me.
- 我們沒辦法支撐太久。
  We can't hold on much longer.
- 你們這樣沒有幫助。
  You're not being helpful.

這句英文怎麼說

中英對照表

- 那是我們最後的機會。
  That was our last chance.
- 讓牠們開心地玩。
  Let them have their fun.
- 我們要得救了！
  We're going to be saved!
- 我用雙手抱著肖恩。
  I held on to Shawn with both hands.
- 我並不打算抱怨。
  I wasn't about to complain.
- 我聽到沉重的腳步聲。
  I heard heavy footsteps.
- 我的心跳漏了一拍。
  My heart skipped a beat.
- 我怕高。
  I'm afraid of height.
- 比利·巴臀船長的幽默感棒透了！
  Captain Billy Bottoms has an awesome sense of humor.
- 不要踩到香蕉皮滑倒了！
  Don't slip on any banana peels!
- 他們逃走了！
  They're getting away!
- 那種味道讓我想吐。
  The aroma was making me sick.
- 繼續找！
  Keep searching!
- 我的皮膚又癢又痛。
  My skin itched and tingled.

這句英文怎麼說

中英對照表

我認為我們應該要跳車。
I think we should jump out.

你為什麼看起來這麼害怕？
Why do you look so frightened?

我幾乎快克制不住興奮感。
I was nearly bursting with excitement.

我就知道沒有這麼好的事。
I guess it was too good to be true.

那就是我們好運耗盡的時候。
That's when our luck went out.

太可惜了。
Too bad.

一毛不值。
It's worthless.

我沒辦法移開視線。
I couldn't take my eyes off it.

我終於到這裡了。
I'm here at last.

美式俚語這樣說

中英對照表

① keep up all night 徹夜難眠

keep up 有「保持、不停止」的意思，整晚不停歇，也就是整晚保持清醒，即中文所說的「徹夜難眠」。

② keep on one's toes （某人）謹慎行事

字面意思為「只用腳尖走路」，通常躡手躡腳地走路，就表示該人很小心警覺，因此這個片語代表保持警覺、謹慎行事的意思。

③ go viral 迅速竄紅；散播開來

viral 是形容詞，意為「病毒的」，go viral 是近年來很流行的用語，用來形容竄紅的速度有如病毒的傳染速度一樣，非常迅速。

④ be busted 被抓包

做壞事或做虧心事被逮到，可用 be busted 來表示。busted 在此為形容詞，有「事跡敗露」之意。

⑤ Me hearties! 我的夥伴們！

hearty 當形容詞時，表示「衷心的，熱誠的」，在口語上常當成名詞用，表「夥伴們，朋友們」，特別是水手最常這麼說。

⑥ in the air 懸而未決

字面意思是「在空氣中」，在口語中代表一種「不確定，事態還不明朗」的意思。

美式俚語這樣說

中英對照表

⑦ I beg to differ. 我難以苟同。

beg 表示「乞求」，動詞 differ 表示「與……不同」，整句意思即為禮貌地表示無法同意對方所說的話。

⑧ scaredy-cat 膽小鬼

以貓（cat）來指涉「膽小鬼」，在這篇故事裡刻意使用雙關語，說那隻貓瑟蕾絲特很膽小。

⑨ sea legs 對航海很熟，在船上活動自如

直譯為「海腿」，意指在航行的船上行走自如或不暈船的能力。

⑩ salty dog 長期生活在船上的水手或海軍士兵

salty 是「鹹的」，因為海水是鹹的，所以用「鹹狗」來表示對海事瞭若指掌的人，通常指水手或海軍。

⑪ see things 產生幻覺

看到這句英文，可千萬不要馬上直譯為「看到東西」，這個片語在口語中表示「產生幻覺」，也就是看到實際上不存在的東西。

⑫ banana split 香蕉船

香蕉船是一種用剖半的香蕉，上頭放上鮮奶油、水果等做成的甜點。split 也有分開的意思，因此在本集故事中也用該詞暗示大家要「分開、散開」。

⑬ pip 小圓點或水果的籽

在本集故事中，皮普（Pip）船長因為臉上有一個小圓點而得此名。

史賴皮系列叢書 02

史賴皮搞怪連篇 2：恐怖音樂盒

原 著 書 名── Slappy World: Attack of the Jack
作　　　者── R.L. 史坦恩（R.L.Stine）
譯　　　者── 向小宇
企 劃 選 書── 何宜珍
責 任 編 輯── 韋孟岑

國家圖書館出版品預行編目 (CIP) 資料

史賴皮搞怪連篇 . 2 : 恐怖音樂盒 / R. L. 史坦恩 (R. L. Stine) 著 ;
向小宇譯 . -- 初版 . -- 臺北市 :
商周出版 : 家庭傳媒城邦分公司發行 , 民 109.06
184 面 ; 14.8 x 21 公分 . -- (史賴皮系列 ; 02)
譯自 : Slappy world : attack of the Jack
ISBN 978-986-477-843-0(平裝)
874.596　　109005986

版　　　權── 黃淑敏、翁靜如、邱珮芸
行 銷 業 務── 莊英傑、黃崇華、周佑潔、華　華
總　編　輯── 何宜珍
總　經　理── 彭之琬
事業群總經理── 黃淑貞
發　行　人── 何飛鵬
法 律 顧 問── 元禾法律事務所 王子文律師
出　　　版── 商周出版
臺北市中山區民生東路二段 141 號 9 樓
電話：(02) 2500-7008 傳真：(02) 2500-7759
E-mail：bwp.service@cite.com.tw
Blog：http://bwp25007008.pixnet.net./blog
發　　　行── 英屬蓋曼群島商家庭傳媒股份有限公司城邦分公司
台北市 104 中山區民生東路二段 141 號 2 樓
書虫客服專線：(02)2500-7718、(02) 2500-7719
服務時間：週一至週五上午 09:30-12:00；下午 13:30-17:00
24 小時傳真專線：(02) 2500-1990；(02) 2500-1991
劃撥帳號：19863813 戶名：書虫股份有限公司
讀者服務信箱：service@readingclub.com.tw
城邦讀書花園：www.cite.com.tw
香港發行所── 城邦（香港）出版集團有限公司
香港灣仔駱克道 193 號超商業中心 1 樓
電話：(852) 25086231 傳真：(852) 25789337
E-mailL：hkcite@biznetvigator.com
馬新發行所── 城邦（馬新）出版集團【Cité (M) Sdn. Bhd】
41, Jalan Radin Anum, Bandar Baru Sri Petaling,
57000 Kuala Lumpur, Malaysia
電話：(603)90578822 傳真：(603)90576622
E-mail：cite@cite.com.my

美 術 設 計── 王秀惠
印　　　刷── 卡樂彩色製版印刷有限公司
經　銷　商── 聯合發行股份有限公司
電話：(02)2917-8022 傳真：(02)2911-0053

■ 2020 年（民 109）06 月 09 日初版
■ 定價 / 250 元

ISBN 978-986-477-843-0

Printed in Taiwan

城邦讀書花園
www.cite.com.tw

Goosebumps®
SlappyWorld

Goosebumps®

SlappyWorld

Goosebumps®
SlappyWorld

Goosebumps®

SlappyWorld